世界最佳情爱小说

你是我荒地上最后的玫瑰

柳鸣九　主编／鉴评

河南文艺出版社

·郑州·

柳鸣九
主编 / 鉴评

　　柳鸣九,1934年生,湖南长沙人,毕业于北京大学西方语言文学系。中国社会科学院外国文学研究所研究员,中国社会科学院研究生院外国语言文学系教授、研究生导师,曾任中国法国文学研究会会长、名誉会长。

　　在法国文学史研究、文学名著翻译等领域,均有很高的建树,并主持多种大型丛书、套书编选工作,是本学界公认的权威学者、领军人物,以卓有学术胆识著称,并享有"著作等身"之誉,对人文知识界有较大的影响。其论著与译作已结集为《柳鸣九文集》(15卷),约600万字。2006年,荣获中国社会科学院最高学术称号:荣誉学部委员。

CONTENTS
目 录

阿霞

[俄国] 屠格涅夫

磊然 译

作者简介

屠格涅夫（1818—1883），俄国杰出的现实主义作家，出身于世袭的贵族之家，毕业于彼得堡大学，青年时期游历了欧洲各国。19 世纪 40 年代，写作了《猎人笔记》；50 年代至 70 年代，陆续发表了六部长篇小说：《罗亭》《贵族之家》《前夜》《父与子》《烟》与《处女地》，奠定了他在俄国文学史上的重要地位。

一

那时我大约二十五岁，——H. H. 开始说，——你们看，这是过去很久的事情了。我刚摆脱了一切羁绊，就到国外去了，这并不是照当时的说法，为了去"完成我的教育"，我只是想去看看广大的世界。我健康，年轻，快乐，钱我有的是，操心的事还没有——我过着无忧无虑的生活，想做什么就做什么，总之，样样事情顺心如意。当时我根本没有想过，人不是植物，不能长久茂盛。青年时代吃着金黄色的蜜糖饼干，还以为这就是粗茶淡饭；可是想不到有一天连一片面包都要去乞讨啊。然而讲这些是没有用的。

我的旅行没有任何目的地，没有计划。凡是我喜欢的地方，我就停留下来；只要我感到希望看见新的人脸——就是人脸——我立刻又动身再往前去。使我感兴趣的只是人，我讨厌奇异的古迹和著名的古物珍藏。一看到向导就使我心烦和恼怒。参观德累斯顿的"绿色拱门"[1]时几乎使我发疯。大自然特别使我赏心悦目。但是我不喜欢所谓自然界的美景，不喜欢奇峰异岭、峭壁和瀑布。我不喜欢它们老出现在我眼前，妨碍我。然而人脸，活人的脸，——人的言谈，他们的举动，笑声，——这才是我不可缺少的东西。在人群中我总感到特别轻松愉快；别人去的地方，我去；别人大声叫嚷的时候，我叫嚷，这都使我快活。同时我爱看别人怎样叫嚷。观察人使我得到乐趣……我甚至不是观察他们——我是怀着一种喜悦和不会满足的好奇研究他们。可是我的话又离题了。

就这样，大约二十年前我居住在莱茵河左岸一个德国小城 3 城[2]。我在寻求孤独；我的心灵最近受到一个年轻寡妇的伤害。我和她是在温泉认识的。她长得十分俊俏，人又聪明，见了谁就跟谁——也跟我这个有罪的人——卖弄风情，开始她甚至挑逗我，可是后来却狠心地伤害了我的感情，为了一个面颊红润的巴伐利亚中尉把我抛弃。老实说，我心头的创伤并不太深，但是我认为理应有一段时间沉浸在悲痛和孤独里——年轻人有什么排遣愁肠的办法想不出来！于是我就在 3 城住下了。

我喜欢这个小城，因为它坐落在两座高耸的小山的山麓，我喜欢它的断垣残壁、倾颓的塔楼、百年的椴树、流入莱茵河的清澈小河上架的陡削的小桥，最

____

1　德国德累斯顿一座国王的城堡，收藏黄金和珠宝制品以及各种宝石。参观这座城堡手续复杂，必须等待集合了整批的参观者，还要等"讲解人"（也是"监视人"）到来，旅游者方可入内。
2　指济津格城。

主要的是喜欢它的美酒。傍晚，太阳刚下山（这是在六月），立刻就有面目姣好的金发德国少女在城里的小街上散步，遇到外国人，就用悦耳的低声说着："Guten Abend!"[1] 甚至到月亮从古老屋宇的尖屋顶后面升起的时候，——在凝然不动的月光下，清晰地显现出石子路上的碎石，——有些少女还没有离去。那时我爱在城里漫步，月亮似乎从晴空中凝视着它，城市也感到这种凝视，敏感而宁静地站立着，整个沐浴在月光里，这静谧而又微微激动着灵魂的月光里。一座高耸的哥特式钟楼上的风向标闪着黯淡的金光；光泽黝黑的河水也是金光闪闪；石板屋顶下的窄窗里点燃着光线微弱的细蜡烛（德国人是节俭的!）；葡萄藤从石头围墙后面神秘地探出它的卷须；三角形广场上一口古井附近的阴影里有什么东西跑过；突然传来守夜人的懒洋洋的口哨声，一只温顺的狗发出低低的吠声，可是微风拂面是那样的亲切，椴树散发出那样的芬芳，使胸膛不由得愈来愈深地呼吸着，"格蕾辛"[2] 一词，——又像感叹，又像疑问，——不禁就脱口而出。

　　Л 城离莱茵河大约两俄里。我常常去看这条雄伟的河流，久久坐在一棵孤零零的大梣树下的石凳上，心里多少有些紧张地想起那个狡猾的寡妇。从梣树的枝叶丛中，一座小小的圣母像忧伤地向外瞇望。圣母有着几乎像孩子的面容，胸口有一颗被剑刺穿的红心。河对岸是小城 Л[3]，比我住的那个城略大一些。有一天黄昏，我坐在我喜爱的石凳上，时而俯视河水，时而仰望天空，时而看看葡萄园。有一条小船被拖到岸上，涂着树脂的船身反扣着，我面前有几个浅发的男孩在船身上攀爬。几条微微鼓起风帆的小船静静地行驶，碧波在船旁滑过，微微向上涌起，发出咕嘟咕嘟的响声。忽然耳边飘来音乐的声音，我凝神听了一下。在 Л 城里演奏着华尔兹舞曲；低音提琴忽断忽续，小提琴酣畅的琴声不

1　德语：晚上好。
2　格蕾辛是歌德的《浮士德》中的女主人公，又指美丽的德国少女。
3　指林茨城。

很清晰，长笛声悠扬活泼。

"这是什么？"我问一位朝我走近的老人，他穿着棉绒坎肩、蓝色长袜和带扣襻的皮鞋。

"这是，"他先把烟嘴从一边嘴角移到另一边，"Б城[1]来的大学生在举行庆祝会[2]。"

"我倒要去观光一下这个庆祝会，"我心里想，"恰好我没有到过Л。"我找到一个摆渡的船夫，就到对岸去了。

<h2 style="text-align:center">二</h2>

也许，未必每个人都知道大学生的庆祝会是什么。这是一种特殊的盛大宴会，参加的是属于同一个地方或是同乡会里（Landsmannschafft）的大学生。参加庆祝会的人几乎人人都穿着很久以前传下来的德国大学生的服装：轻骑兵的短外衣、大皮靴和镶着某种颜色帽箍的小帽。这种大学生的宴会通常都由高年级的级长主持，通宵达旦地举行，他们喝酒，唱歌，唱 Landesvafter[3] 和 Gaudeamus[4]，抽烟，骂庸夫俗子，他们有时还雇乐队。

在Л城一所挂着"太阳"招牌的小旅馆前的花园里，举行的正是这样的庆祝会。花园临街，在旅馆和花园上空都飘扬着旗子。大学生们坐在修剪整齐的椴树下的桌旁，一张桌子下面趴着一条巨大的虎头狗。旁边一个常青藤盘绕的

1　指波恩。
2　指在德国大学里逐渐产生的大学生庆祝会，以代替中世纪大学生和工厂工人的斗殴和其他狂暴的娱乐。大学生庆祝会常常举行出城郊游。
3　德语：大地的父亲。
4　德语：我们要行乐。

凉亭里，乐师们在卖力地演奏，不时喝点啤酒来提提精神。花园矮围墙外面的街上麇集了好多人：Л城善良的公民们不愿错过看看外地来客的机会。我也混在看热闹的人群里。瞧着大学生们的脸我很快活；他们的拥抱、欢呼、年轻人种种天真的爱娇姿态、热烈的目光、无缘无故的笑声——世界上最美好的笑声——这一切朝气蓬勃的青春生活的欢乐的沸腾，这种一直向前的冲劲，——不管它冲往哪里，只要是前进，——这种温厚的热情奔放感动了我，鼓起了我的兴致。"我要不要去参加?"我问自己……

"阿霞，你看够了吗?"忽然在我背后有一个男人的声音说着俄语。

"再等一会儿。"一个女人的声音也用俄语回答说。

我连忙转过身去……我的视线落在一个漂亮的年轻人身上，他戴着制帽，身穿宽大的短上衣。他挽着一个身材不高的少女，她的草帽遮住了她的脸的整个上半部。

"你们是俄国人?"我不禁脱口而出。

年轻人笑了笑，说：

"不错，是俄国人。"

"我再也没有料到……在这样偏僻的地方。"我开始说。

"我们也没有料到。"他打断我的话，"有什么关系呢? 这反而更好。请容许我介绍自己：我叫迦庚，这是我的……"他迟疑了一下，"我的妹妹。我可以知道您的名字吗?"

我说了自己的姓名，我们就交谈起来。我知道了，迦庚和我一样，是为了寻求乐趣出来旅行的，一星期前来到Л城，就在这里住下了。说老实话，我不愿意在国外结识俄国人。甚至隔得很远，从他们走路的样子，衣服的式样，而主要是从他们的面部表情，我就可以认出他们。一副扬扬得意、瞧不起人的、常常是颐指气使的神气，突然之间会变成谨慎和畏葸……他们突然警惕起来，眼睛不安地转动……"我的老天! 我是不是说了错话，人家是不是在笑话我?"——这匆促的目光似乎在说。过了片刻，又恢复了那副不可一世的面孔，间或出现呆钝的傻相。是的，我避开俄国人，但是迦庚马上就让我喜欢。世上是有这样令人喜欢的脸：人人都喜欢看它，仿佛它在给你温暖或是爱抚似的。迦庚的脸正是这样，可爱，亲切，一双目光柔和的大眼睛和一头柔软的鬈发。他说话时你即使不看他的脸，单听他的声调也能感到他是在微笑。

他称作妹妹的那个少女，我第一眼看去觉得她非常秀丽。她的浅褐色的圆脸，细小秀气的鼻子，几乎像孩子般的两颊和一双明亮的黑眼睛，在这张脸上有着她自己的，独特的东西。她的体态优美，不过好像还没有发育完全。她跟她哥哥一点也不像。

"您愿意到我们家来吗？"迦庚对我说，"我们看德国人似乎看够了。要是我们的人，准会打碎玻璃，拆毁椅子，可是这些人实在太规矩了。阿霞，你想怎么样，我们回家去吧？"

少女同意地点点头。

"我们住在城外，"迦庚继续说，"在葡萄园那儿一所单幢小屋里，地势很高。我们那里挺不错，您来看看吧。房东太太答应给我们做酸牛奶。现在天快黑了，您最好在月光下渡莱茵河。"

我们去了。穿过矮矮的城门（一道圆石砌的古老的城墙环抱着小城，连城墙上的望楼都没有全部坍塌），来到田野里，再沿石头围墙走上一百来步，在一扇狭窄的小门前停下。迦庚开了门，领我们顺着陡峭的小径上山。两旁的梯形斜坡上种满了葡萄。太阳刚落山，一抹淡淡的红光还照在绿色的藤蔓上、高高的木桩上和铺满大小石板的干燥的土地上，也照着我们攀登的山顶上那幢小屋的粉墙。那幢小屋有着倾斜的黑色横梁和四扇明亮的小窗。

"这就是我们住的地方！"我们刚要走近小屋，迦庚大声说，"看，房东太太拿着酸牛奶来了。Guten Abend, Madame! [1]……我们马上就吃饭；不过，"他添了一句，"您是不是先看看……这里的景色?"

景色真是美妙。莱茵河躺在我们面前碧绿的两岸之间，宛如一条银白色的练带；有一处，河水在紫红色的晚霞下闪着金光。坐落在岸边的小城里的房屋和街道尽收眼底。山丘和田野广阔地展现着。下面的景色固然好，但是天上的更美：使我特别赞叹的是天空的洁净和深邃，空气清澈透明。清新轻盈的空气静静地荡漾波动，仿佛它在高处更为无拘无束。

"你们选的住处真好。"我说。

"这是阿霞找到的，"迦庚回答说。"来吧，阿霞，"他接着说，"去关照一下。把东西都拿到这儿来。我们要在露天进晚餐。在这儿音乐可以听得更清楚。您有没有发现，"他又朝着我说，"在近处听华尔兹舞曲根本不行——俗不可耐，可是在远处听就妙极了! 它能撩拨你全部浪漫主义的心弦。"

阿霞（她原来的名字是安娜，可是迦庚叫她阿霞，请允许我也这样叫她吧）到宅子里去了，很快跟房东太太一同回来。她们俩抬着一个大托盘，上面放着一个牛奶壶、碟子、汤勺、白糖、果子和面包。我们坐下来开始吃晚饭。阿霞脱掉帽子，她的剪短的、照男孩子那样梳着的黑发披到头颈上和耳朵上，头发有着很大的波纹。起初她对我很腼腆，但是迦庚对她说：

"阿霞，别那么怕羞! 他又不咬人。"

她笑了笑，不多一会儿她就主动跟我谈起来。我没有见过比她更好动的人。她一刻也不能安安静静地坐着；一会儿站起来，跑到宅子里去，一会儿又跑来，小声唱着歌，不时发出笑声，而且笑得非常古怪：似乎她不是笑她听到的话，而是笑她头脑里想到的各种各样的念头。她的大眼睛发亮地、大胆地直望着人，但有时她的眼睑微微眯缝起来，这时她的目光就突然变得深沉而温柔了。

1　德语：夫人，晚安。

　　我们随便聊了大约两小时。白天早已消逝，黄昏——起初是满天火红，继而是晴朗鲜红，然后变为暗淡朦胧，——悄悄地消失，转入夜晚，我们的谈话像周围的空气那样平静温和地继续下去。迦庚叫人拿来一瓶莱茵酒，我们慢慢地把它喝完。音乐依然飘送过来，它的声音似乎更柔和悦耳了。城里和河上都燃起灯火。阿霞猛然低下了头，鬈发就落到她的眼睛上。她沉默起来，叹息了一声，后来对我们说，她困了，就回到宅子里去。可是我看见她并没有点起蜡烛，在没有打开的窗前站了好一会儿。最后，月亮升起，照在莱茵河上；一切都在变幻，忽明忽暗，连我们的刻花玻璃杯里的酒也闪耀着神秘的光辉。风住了，好像收拢翅膀静止了。土地散发出夜间阵阵芬芳的暖气。

　　"该走了！"我高声说，"再不走，恐怕要找不到摆渡的船夫了。"

　　"是该走了。"迦庚也跟着说。

　　我们顺着小径往下走。突然我们身后有石子滚落下来：是阿霞赶上来了。

　　"你没有睡？"她哥哥问，可是她一言不答，跑了过去。

　　大学生们在旅馆的花园里点燃了油盏，最后几盏快要熄灭的灯光从山下照在树叶上，使树叶带有节日的、奇幻的样子。我们在岸边找到阿霞，她在跟摆渡的船夫说话。我跳上小船，同我的新朋友告别。迦庚答应明天来看我。我握了他的手，又把手向阿霞伸过去，但她只是望了望我，摇摇头。小船离了岸，顺着湍急的河水漂去。摆渡的船夫是一个健壮的老人，他把桨浸入暗色的河水里，用力地划着。

　　"您走进月光里，您把它打碎了。"阿霞向我喊起来。

　　我低下眼睛，黑魆魆的波浪在小船周围轻轻地晃荡。

　　"再见！"又传来她的声音。

　　"明天见。"迦庚跟着她说。

　　小船靠岸了。我下了船回头一看，对岸已经不见人影。月光又宛如一道金桥架在整个河面。好像是作为告别，飘来熟悉的兰纳[1]的华尔兹舞曲。迦庚说得对：我感到我全部的心弦都随着它那迷人的曲调颤抖起来。我穿过黑魆魆的田野走回家去，一边缓缓地吸着芬芳的空气。我回到自己的房间里，浑身懒洋洋的，只感到由一种没有对象、没有止境的希望勾起甜美的惆怅。我感到自己是幸福的……但我为什么是幸福的呢？我什么都不希冀，我什么都不想……我是幸福的。

我满心充溢着愉快轻松的感情，我几乎要笑出声来。我一头倒在床上，已经闭上眼睛，我忽然想起来，今天晚上我一次也没有想起我那狠心的美人儿……"这是什么意思？"我问我自己，"难道我不是迷恋着她吗？"但是，我向自己提出这个问题之后，就像睡在摇篮里的孩子那样，似乎马上就睡着了。

三

第二天早晨（我已经醒来，但还没有起床），我听到窗下有手杖的敲击声，一个声音（我立刻听出是迦庚的声音）唱道：

你还在睡觉吗？我要用七弦琴

把你唤醒……[2]

我连忙给他开门。

"您好，"迦庚一边走进来，一边说，"一清早就来把您惊吵，可是您看看，多么好的早晨。空气清新，露水晶莹，云雀在歌唱……"

他那光亮的鬈发、袒露的头颈、玫瑰色的双颊，他本人就像早晨一样新鲜。

1　约瑟夫·弗朗士·兰纳（1801—1843），奥地利作曲家，他作的圆舞曲颇为流行。
2　摘自普希金的诗《我在这儿，伊涅齐里雅……》，由格林卡谱为抒情歌曲。

我穿好衣服；我们走到小公园里，在长凳上坐下，要了咖啡，就随便聊起来。迦庚把他未来的计划告诉了我：他拥有一笔相当大的财产，不需要依赖任何人，他想致力于绘画，只是后悔没有及早拿定主意，白白浪费许多大好时光。我也谈到我的打算，顺便把我失恋的秘密也信赖地告诉了他。他宽容地听我讲，但是我看得出，我的激情在他心里并没有唤起强烈的同情。迦庚出于礼貌跟着叹息了两三声，后来建议我到他那里去看看他的画稿。我立刻同意了。

我们没有遇到阿霞。房东太太说，她到"遗址"去了。这是离 Л 城大约两里处一座封建城堡的残迹。迦庚让我看了他的全部画稿。他的画颇有生活气息，真实，有一种挥洒自如和豪放的气势，然而却没有一张是完成的；而且我认为画得草率、不准确。我坦率地向他说出了我的看法。

"对，对，"他叹了口气说，"您说得对，这些画都很不好、不成熟，毫无办法！我没有认真学习，而且又是这种该死的斯拉夫人的懒散占了上风。当你梦想要工作的时候，你就像兀鹰似的翱翔，你似乎可以移动大地；可是等你动手去做，你马上就变得软弱无力了，疲倦了。"

我开始鼓励他，但是他摆了摆手，抱起画稿，往长沙发上一扔。

"如果我有足够的恒心，我也会有点成就，"他含糊地说，"恒心不足，只好做一个不学无术的贵族傻少爷。我们还是去找阿霞吧。"

我们就去了。

四

去"遗址"的路顺着一个树木茂密的狭谷的斜坡盘绕而上；谷底有一条小溪喧闹地跃过群石奔流着，似乎匆匆地要和大河汇合；在陡峭的山脊的暗色边缘背后，那条大河静静地闪着波光。迦庚叫我注意那边几处被阳光照耀的地方。从他的言谈之中可以听出，他即使不是画家，至少也是一个艺术家。不久"遗址"就呈现在眼前了。在一个秃岩顶上耸立着一座四方形的塔，整个塔身作黑色，还很坚固，不过好像被一道纵的裂缝从中劈开。长满青苔的墙和塔毗连；有的地方爬满常春藤；弯曲的小树从灰色炮眼上和坍塌的拱门上倒挂下来。有一条石子铺的小路通向保存完好的大门。我们快要走近大门，突然有一个女人的身影在我们前面掠过，很快地跑过一堆残砖废石，跑到墙头一个突出的部分，正好在悬崖上面。

"那不是阿霞吗？"迦庚叫起来，"真是个疯子！"

我们走进大门，到了一个一半长满野生苹果树和荨麻的小院里。阶坡上坐着的果然是阿霞。她朝我们转过脸来笑着，但是身子却没有移动。迦庚伸出一个指头来威胁她，我大声责备她太不小心。

"得啦，"迦庚小声对我说，"别去惹她；您不了解她，她大概还要爬到塔上去呢。您还不如来欣赏欣赏本地人是多么会动脑筋吧。"

我回头一看，在院子角落里搭了一个小小的木头售货棚，一个老妇人在织袜子，一面透过眼镜斜睨着我们。她向游客出售啤酒、蜜糖饼干和碳酸矿泉水。我们在长凳上坐下，喝着用沉重的锡制大杯子盛的相当凉爽的啤酒。阿霞仍旧一动不动地坐着，盘着腿，用薄纱巾包着头。她那端庄的面容映在晴朗的天空里，清晰而又美丽，但是我怀着反感不时地看上她一眼。从昨天起，我就发现她身上有一种矫揉造作、不太自然的东西……"她要让我们吃惊，"我想，"这是为什么呢？多么孩子气的胡来。"她好像猜到我的念头似的，突然向我投来迅速锐利的一瞥，又笑了起来；她蹦了两下就从城墙上跳下来，走到老妇人面前，向她要一杯水。

"你以为我要喝水？"她对哥哥说，"不，那边墙上有的花该浇水了。"

迦庚没有理她。她手里拿着水杯又去爬废墟，有时停下来，弯下身子，带着可笑的庄重的神气在花草上洒几滴水，水珠在阳光下晶莹发光。她的举动非常可爱，但是我还在生她的气，尽管我情不自禁要欣赏她的轻快敏捷的动作。在一个危险的地方她故意尖叫一声，然后哈哈大笑起来……我更生气了。

"她爬山像个山羊。"老妇人把织的袜子放下一会儿，喃喃地说。

最后，阿霞把杯子里的水倒空了，顽皮地摇摇晃晃地回到我们面前。异样的微笑微微牵动她的眉毛、鼻孔和嘴唇，黑眼睛半像无礼、半带欢快地眯缝着。

"您以为我的举动有失体统，"她脸上似乎在说，"这没关系，反正我知道您是欣赏我的。"

"真能干，阿霞，真能干。"迦庚低声说。

她似乎突然难为情起来，垂下长长的睫毛，好像做错了事似的老老实实地坐在我们旁边。这时我第一次好好地细看了她的脸，我从未见过的最善于变化的脸。不多一会儿，这张脸已经完全变得苍白，露出专注的、几乎是忧愁的神情；我觉得，她的面貌显得比较大人气，比较严肃单纯了。她完全安静下来了。我们绕废墟走了一圈，欣赏风景，阿霞也跟在我们后面。快到午饭时，迦庚付钱给老妇人，又要了一杯啤酒，转过身来对我扮了个调皮的鬼脸，高声说：

"祝您的心上人健康！"

"难道他有，——难道您有心上人？"阿霞突然问道。

"谁会没有心上人呢？"迦庚反问道。

阿霞沉思了片刻，她的脸又起了变化，脸上又露出挑衅似的、似乎无礼的微笑。

在回去的路上她大笑的次数更多，淘气得更厉害。她折了一根长树枝，像扛枪似的把它扛在肩上，用围巾包着头。我记得，我们碰到一大家子英国人，都是浅黄头发，态度拘谨。他们好像听到命令似的，一个个都转过目光呆板的眼睛，带着冷漠的诧异的神气目送着阿霞。她呢，好像故意要气气他们似的，大声唱起歌来。回到家里，她立刻回到自己的房间，一直到午饭前才露面，身上穿着最好的衣服，头发经过精心梳理，束着腰，戴着手套。吃饭时她举止非常文静，有礼，近乎拘谨。吃东西只是略微尝一尝，用小杯喝一点水。显然，她是想在我面前扮演一个新的角色——一个彬彬有礼、举止娴雅的小姐。迦庚不去管她：看得出，他一向样样事情都顺着她。他只是不时善意地望着我，微耸着肩膀，似乎要说："她是个孩子，请容忍些吧。"刚吃完午饭，阿霞站起身来向我们行了屈膝礼，戴上帽子，问迦庚她可不可以去看路易斯太太。

"你是几时开始请求过许可的？"他带着他那一直不变的，但这一次有点窘态的笑容问道，"你跟我们在一块儿感到乏味吗？"

"不，可是我昨天就答应路易斯太太去看她的；而且我想，你们俩在一块儿更合适：H. 先生（她指着我）还有什么话要对你讲。"

她走了。

"路易斯太太，"迦庚极力避开我的目光，开始说，"是这里以前的市长的寡妻，是一个心地善良，然而头脑简单的老妇人。她非常喜欢阿霞。阿霞最喜欢结识境况不好的人；我发现，她这样做无非是出于骄傲。您看到，她被我宠坏了。"他沉吟了一会儿，又说，"可是您叫我有什么办法呢？我对什么人都不会苛求，对她更不用说了。我对她不得不容忍。"

我没有说什么。迦庚转变了话题。我对他知道得愈多，就愈是喜欢他。很快我就了解他的为人了。这是一个真正的俄罗斯人，诚实，正直，单纯，可惜有些懒散，缺乏锲而不舍的精神和内心的热。青春在他心里不像泉水迸射，而是闪耀着宁静的光辉。他非常聪明可爱，但是我无法想象，等他年纪大了以后将会怎样。做画家吗？……不经过艰苦的、孜孜不倦的辛勤劳动成不了画家……可是下苦功，我望着他的线条柔和的面貌，听着他的不慌不忙的言谈，心里想道："不，你不会刻苦用功，你不会专心致志。"但是你不可能不爱他，你的心被他吸引着。我们俩一起度过了约莫四个小时，有时坐在沙发上，有时在屋前慢慢地走来走去，在这四个小时里我们成了好朋友。

太阳落山了，我该回去了。阿霞还没有回来。

"她这个人多么任性啊！"迦庚说，"您愿意我送送您吗？我们顺路到路易斯太太那里去一下，我去问问她在不在那里。不用弯很多路。"

我们下山进了城，然后折进一条弯弯曲曲的窄巷，在一所有两扇窗宽、四层高的楼房前站住。楼房的二层比底层向街上突出，三、四层更比第二层突出。这幢房子的破旧的雕刻，下面的两根粗大的圆柱，尖尖的砖顶和阁楼上像鸟喙伸出的部分，使整幢房子看上去像一只弓着背的巨鸟。

"阿霞！"迦庚喊道，"你在这儿吗？"

三层楼上一扇有亮光的小窗响了一下，打开了。我们看到阿霞小小的长着黑发的头。在她背后探出一个德国老妇人的脸，瘪嘴，眼睛几乎像瞎子。

"我在这儿呢。"阿霞爱娇地把臂肘倚着窗框，说，"我在这儿很好，给你，接住。"她扔给迦庚一枝天竺葵，又添了一句，"你就想象我是你的心上人吧。"

路易斯太太笑起来。

"H. 要走了，"迦庚说，"他来跟你告别。"

"是吗？"阿霞说，"那就把我的那枝花给他，我马上就回去。"

她砰地关上了窗，好像吻了路易斯太太。迦庚默默把那枝花递给我。我默默地把它放在衣袋里，走到渡口，摆渡到对岸。

我记得，我走回家去的时候，一路上什么也不想，但是心头感到异样的沉重，猛然间，一股强烈的、熟悉的、但在德国是罕有的气味使我惊讶。我停下脚步，看见路旁有一小畦大麻。它那草原的气息刹那间使我想起祖国，勾起我心里强烈的乡愁。我真想呼吸俄罗斯的空气，我要在俄罗斯的土地上行走。"我在这里做什么，我为什么要在异国、在异国人中间浪游？"我叫道，这时我心头死一般沉重的重压突然变成痛苦的、烧灼似的激动。我回到家里，心情和昨天完全不一样。我觉得有些烦躁，久久不能平静。一种我自己也不理解的苦恼使我心烦欲死。最后，我坐下来，想起我那狡猾的寡妇（我规定每天就寝前要想起这位夫人），拿出她的一封短信。但是我连信都没有打开，我的思绪就转到另一个方向去了。我开始想……想起了阿霞。我想起迦庚在谈话中向我暗示过有某种困难使他不能返回俄罗斯……"得了，她是不是他的妹妹？"我大声说。

我脱了衣服躺下，极力想睡着；但是过了一小时，我又在床上坐起来，用臂肘撑着枕头，又想起了这个"笑得不自然的任性的少女……""她的体态像是法尔涅静别墅里拉斐尔画的小迦拉蒂阿[1]，"我低语说，"不错，她并不是他的妹妹……"

那位寡妇的信静静地躺在地板上，在月光下泛着白色。

五

第二天早晨我又去 Л 城。我对自己说，我是想去看看迦庚，其实心里却暗暗地非常想去看看阿霞在做什么，她是不是还像昨天那样"举止古怪"。我看到他们俩都在客厅里，而且，真是怪事！——是不是因为我昨夜和早上一直在怀念俄罗斯？——在我的眼中阿霞完全是一个俄罗斯少女，是的，一个普通的少女，几乎是一个女仆。她身上穿着一件瘦小的旧衣服，头发梳到耳后，一动不动地坐在窗前在绣绷上刺绣。她质朴，沉静，就像她一辈子没有干过别的事情似的，她几乎一言不发，安静地不时看看自己的刺绣，她的脸上带着那样平凡的表情，使我不禁想起我们家里的卡佳和玛莎[2]。似乎为了完成这种相似，她还低声唱起了《亲爱的小妈妈》[3]。我望着她的黄黄的、黯然无光的小脸，想起昨晚

1　指罗马法尔涅静别墅里意大利文艺复兴时期大画家拉斐尔（1483—1520）作的壁画《迦拉蒂阿的胜利》。迦拉蒂阿是希腊神话中海的女神。

2　卡佳和玛莎都是普通俄国少女的名字。

3　俄国作曲家古里列夫（1802—1856）根据诗人莫克陵斯基的词作的歌曲，当时非常流行。

的种种遐想，不禁难受起来。天气非常好。迦庚对我说，他今天要去写生；我问他让不让我陪他去，我会不会妨碍他。

"正相反，"他说，"您会给我提出很好的意见。"

他戴上凡·戴克式[1]的圆帽，穿上工作短服，腋下夹着画册就出发了；我不慌不忙地跟在他后面。阿霞留在家里，临走的时候迦庚请她留意汤不要做得太稀。阿霞答应常到厨房里去看看。迦庚走到我已经熟悉的山谷里，在石头上坐下，开始画一株枝丫伸展的、树身有窟窿的老橡树。我躺在草地上，拿出一本书来；但是我连两页也没有读完，而他只是满纸乱涂。我们愈来愈多地谈论着，据我看，我们相当聪明而细致地谈论到：应该怎样工作，什么是应该避免的，什么是应该遵循的，在我们的时代画家的作用何在，等等。迦庚最后说，他"今天没有兴致"，就躺在我旁边，这时我们年轻人的谈话就像河水般自由地畅泻，时而热烈，时而沉思，时而兴奋异常，但是差不多总少不了俄国人爱用的含糊的字句。我们尽情畅谈了一番，仿佛我们做完了一件事，或是做成功了一件事似的，心满意足地回家去了。我看见阿霞完全跟我离开她的时候一样。我无论怎样仔细观察她，在她身上也看不出一丝卖弄风情的影子，没有一点故意做作的迹象，这一次可不能说她是装模作样了。

"啊哈！"迦庚说，"她自己罚自己斋戒忏悔了。"

晚上，她毫不做作地打了几次哈欠，早早地回到自己的房间里去了。我不久也告辞了迦庚回家，不再胡思乱想，这一天在冷静清醒的心情中过去了。但是我记得，在临睡前我情不自禁地说出声来："这个少女真是个多变的蜥蜴！"想了一想，继而又说："她绝不是他的妹妹。"

1　凡·戴克（1599—1641），佛兰德斯画家。此处指他的肖像画中的帽子样式。

六

　　整整两个星期过去了。我每天去看迦庚他们。阿霞像是躲着我，但是在我们刚认识的头两天里使我非常惊讶的那些顽皮的举动，她一样也不做了。她似乎心里在暗自痛苦，或是觉得不好意思，她连笑也不大笑了。我怀着好奇的心情注意着她。

　　她的法语和德语都说得相当好；然而从种种方面都可以看得出，她从小不是在女性的照管下长大的，她受的教育是奇特的，不正规的，一点不像迦庚本人受的教育。尽管迦庚戴着凡·戴克式的帽子，穿着短工作服，他身上却令人感到大俄罗斯贵族温柔娇贵的气息；而她却不像一位小姐，在她的一举一动之中都带有一种不安宁：这是嫁接不久的野生树苗，是还在发酵的酒。她生性胆怯腼腆，但是她恼怒自己的怕羞，她出于恼怒而强制自己竭力做得大胆放肆，可她并不是总能做得到。我几次跟她谈起她在俄国的生活和她的过去，她总是不乐意回答我的问话；可是我知道，她出国以前曾在乡间住了很久。有一次我看见她在读一本书。她两手支着头，手指深深地插在头发里，眼睛牢牢地盯着字行，像是要把它们吞下去似的。

　　"好啊！"我走近她，说，"您真用功！"

　　她抬起头来，傲慢而严厉地看了看我。

　　"您以为我只会笑。"她说了就预备走开。

　　我瞥了一眼书名：这是一本法国长篇小说。

　　"可是我不能称赞您的选择。"我说。

　　"那读什么呢！"她高声说，把书往桌上一扔，又添了一句，"还不如去瞎胡闹。"就跑到花园里去了。

当天晚上，我给迦庚朗诵《赫尔曼和窦绿苔》[1]。阿霞起先只是在我们旁边转来转去，后来忽然站住，注意听着，悄悄地坐在我身旁，一直听完。第二天，我又认不出她了，后来我才明白，她是突然想起来要学窦绿苔那样稳重和关心家务。总之，我觉得她是一个谜样的人。她的自尊心强到极点，然而即使在我恼怒她的时候，她还是吸引着我。只有一件事我愈来愈深信不疑：那就是，她不是迦庚的妹妹。他待她不像做哥哥的对待妹妹：他对她过分宠爱，过分迁就，同时又有点儿不自然。

一个奇怪的机会显然证实了我的猜疑。

一天晚上，我走近迦庚他们住的葡萄园，发现小门锁上了。我没有多加考虑，就走到我先前已经注意到的围墙倒塌的地方，跳了过去。离那地方不远，在小路旁边有一个爬满金合欢的小凉亭。我走到那边，正要走过去时……我突然吃了一惊，是阿霞的声音，一边哭一边热情地说出下面的话：

"不，除了你我什么人都不愿意爱，不，不，我只要爱你一个人——永远地爱你。"

"得啦，阿霞，安静些，"迦庚说，"你知道我相信你。"

他们的声音从凉亭里传出来。我透过稀疏交织着的树枝看见他们俩。他们却没有发觉我。

"只爱你，爱你一个人。"她重复说，搂住他的头颈，痉挛地大哭着开始吻他，贴在他的胸上。

"得啦，得啦。"他一再地说，用手轻轻抚摸着她的头发。

我呆呆地站了一会儿……突然我颤抖了一下。"到他们跟前去？……绝不!"我头脑里闪过这个想法。我疾步回到围墙边，跳过围墙到了路上，几乎是奔跑

1　歌德的长诗。

着跑回家去。我微笑着搓搓手，心里奇怪，竟然有这个机会突然证实我的猜疑（我一刻也没有怀疑过我的猜疑是对的），但是我心里却痛苦极了。"可是，"我想，"他们装得可真巧妙！但是为什么呢？他们何必来蒙骗我呢？我没有料到他竟会这样……这种多情的表白又是什么？"

七

　　我睡得很不好。第二天一早起身，我对房东太太说晚上不必等我回来，就背起旅行背包，步行上山，沿着流过3城的那条河向上游走去。这些山是名叫狗脊的山脉的支脉，从地质学的观点来看，它们是非常有趣的；它们特别是以玄武岩层的形状整齐和质地纯净著称，但是我无意去作地质考察。我没有弄明白，我心里发生了什么事；但是有一个感觉我是清楚的：我不愿意和迦庚兄妹见面。我对自己说，我所以突然对他们起了反感，唯一的原因是恨他们太不老实。有谁逼着他们冒充兄妹呢？然而，我极力不去想他们。我悠然自得地徜徉于群山幽谷，在乡村的小酒铺里一坐就是半天，跟店主人和顾客悠闲地聊天，或是躺在晒暖的石板上仰望白云飘浮，幸而天气好得出奇。我就这样度过了三天，而且并非毫无乐趣，尽管我的心有时作痛。我的心情同那里宁静的大自然恰恰是和谐一致的。

　　我完全沉浸在偶然得来的印象的悄悄的变幻之中；它们从容地在我心里一幕幕地浮现，最后只留下一个总的感觉。这三天来我看到、听到、感受到的一切都融合在这个感觉里——林中树脂的清香，啄木鸟的啼声和剥啄声，清澈的小溪的不肯缄默的饶舌，小溪沙底上游过有斑点的淡水鲑，不很险峭的群山，阴森森的岩壁，整洁的小村里令人肃然起敬的古老教堂和古树，草地上的鹳鸟，轮子飞快转动的、令人舒适的风车，农民的怡然自得的面容，他们的蓝坎肩和灰色长裤，套着肥马、有时套着母牛的吱吱作响的缓慢的大车，两旁种植着苹果树和梨树的清洁的大路，路上行走的留着长发的年轻的旅行者……

就是现在，回忆起我当年的种种印象还是愉快的。我问候你，德国土地上俭朴的一角，你的质朴的丰衣足食，到处都有着勤劳的双手留下的痕迹，耐心而从容的劳动的痕迹……向你致意，祝你平安！

我在第三天夜里才回家。我忘了说，由于对迦庚他们的恼怒，我曾试图让那狠心寡妇的形象重新出现在我心里，但是我的努力全是徒然。我记得，有一次我开始想她的时候，我看见面前有一个五岁模样的乡下小女孩，圆圆的小脸蛋，瞪着天真的小眼睛。她那样天真无邪地望着我……她那纯洁的目光使我惭愧，我不愿在她面前装假，便立刻断然地跟我以前的意中人永远告别了。

回到家里，我看到迦庚留的字条。他对我的出人意外的决定感到惊奇，他怪我为什么不带他去，请我一到家就去看他们。我不高兴地读了这张字条，但是第二天我就到 Л 城去了。

八

迦庚态度友好地接待我，一再亲切地责备我；但是阿霞好像故意似的，一看见我就无缘无故地哈哈大笑，而且照她的老脾气立刻跑开了。迦庚有些窘，在她背后低声说她是个疯子，请我原谅她。老实说，阿霞叫我非常生气，本来我心里就不痛快，现在又是这不自然的笑和这些异样的举动。但是我装出好像什么都没有注意到的样子，向迦庚讲述我这次短期旅行的细节。他对我讲了我不在的时候他做了些什么。但是我们谈得并不融洽。阿霞走进房间又跑开了。最后我说我有一件紧急的工作要做，该回家了。迦庚先是挽留我，后来注意地看了看我，就说要送我回去。在门道里阿霞突然跑到我跟前，向我伸出手来，我轻轻地握了她的手指，微微地向她行礼。我和迦庚一同渡过莱茵河，走过我喜爱的、有着小小的圣母塑像的桦树旁边，在长凳上坐下来欣赏一下景色。在这里我们之间进行了一次不平常的谈话。

我们先交谈了几句，后来望着清澈的河水，都不作声了。

"请告诉我，"迦庚带着他那惯常的微笑突然说，"您对阿霞有什么看法？您一定觉得她有些怪，是吗？"

"不错。"我回答时心里有些纳闷。我没有料到他会讲起她。

"您要批评她先要好好地了解她，"他说，"她的心地非常善良，但是头脑却任性极了。要跟她相处得好可不容易。不过，要是您知道了她的身世，就不能责备她……"

"她的身世？……"我打断了他，"难道她不是您的……"

迦庚瞅了我一眼。

"难道您以为她不是我的妹妹？……不。"他没有注意我的窘态，接下去说，"她的确是我的妹妹，她是我父亲的女儿。您听我把话说完。我信任您，我要把一切都告诉您。

"我父亲是一个非常善良、非常聪明、非常有学问的人，但是很不幸。命运对待他并不比对待别的许多人更坏；但是它的第一次打击他就受不了。他结婚很早，是由于爱情而结婚的。他的妻子，我的母亲，不久就死去；她撇下我的时候我才六个月。父亲把我带到乡下，整整十二年他什么地方也不去，他亲自教育我。要不是他的哥哥，我的亲伯父到乡下来看我们，他是永远不会和我分离的。这位伯父长期住在彼得堡，担任相当重要的职务。他劝我父亲把我交给他照管，因为父亲无论如何不肯离开乡下。伯父对他说，让一个像我这样年纪的男孩过着完全与世隔绝的生活是有害的，跟着一个像我父亲那样终日抑郁寡欢、沉默寡言的老师，我一定会落后于和我同年的男孩，而且我的性格也容易变坏。父亲一直不肯听从他哥哥的规劝，但是终于让步了。和父亲分别的时候我哭了；我爱父亲，虽然从未看到他脸上有过笑容……但是，到了彼得堡，我很快就忘了我们那阴森森的、没有欢乐的家。我进了士官学校，出了学校又编进近卫军团。每年我回到乡下过几个星期，发现我父亲变得一年比一年更忧郁，更沉默，思虑更多，到了畏葸的地步。他每天上教堂去，几乎不会说话了。有一次我回家探亲（我已经二十出头），我第一次在我们家里看见一个瘦瘦的、黑眼睛的、十来岁的小女孩——阿霞。父亲说，她是个孤儿，是他领来抚养的——他正是这么说的。我没有特别注意她；她怕生，动作迅速，不说话，像个小动物。每次只要我走进父亲喜欢的那个房间——那是一个阴森森的大房间，我母亲就在那里面去世，白天屋里也点着蜡烛，——她马上就躲到他的伏尔泰式[1]的手圈椅背后或是书橱背后。以后三四年，我因为公务羁绊，不能回乡下去。我每月接到父亲写来的一封短信；他很少提到阿霞，即使提也是顺带一笔。他已经年过五十，可是看上去还像年轻人。因此，您可以想象我的惊慌：我思想上毫无准备，竟突然接到管家的来信，通知我父亲病危，如果我想见他最后一面，请我务必赶快回去。我日夜攒赶，到家时父亲还活着，但是已经奄奄一息。他见到我高兴得什么似的，用他那骨瘦如柴的手臂搂着我，用一种又像审视、又像恳求的目光久久注视着我的眼睛；在我答应他一定会履行他最后的请求之后，他吩咐他的老仆把阿霞带来。老头把她带来了；她几乎站不住，浑身发抖。

　　"'你看，'父亲费力地对我说，'我把我的女儿——你的妹妹，托付给你。一切情况你可以问雅可夫。'他指着老仆，又说了一句。

　　"阿霞痛哭起来，扑倒在床上……半小时后我的父亲长逝了。

　　"这就是我所听到的：阿霞是我父亲和我母亲以前的女仆达吉雅娜的女儿。

1　一种高背深座的手圈椅。

我还清楚地记得这个达吉雅娜，记得她那修长苗条的身形，她那优雅、端庄、聪明的面貌和一双大大的黑眼睛。她是有名的难以接近的姑娘。据我从雅可夫的充满敬意的半吞半吐的话里可以了解，在我母亲去世后几年，我父亲和她有了关系。那时达吉雅娜已经不住在主人的宅子里，而是住在她的结了婚的姐姐（我们家养牛的女佣）的小屋里。我父亲对她一往情深，在我离开乡下之后甚至要和她结婚，但是不管他怎么恳求，她本人都不同意做他的妻子。

　　"'死去的达吉雅娜·瓦西里耶芙娜，'雅可夫站在门口反抄着手对我说，'样样事情都考虑周到，她不愿意损害您父亲的名声。她说，我算您的什么样的妻子？我算什么样的太太呢？当着我的面，她就是这么说的。'

　　"达吉雅娜连搬进我们宅子里来都不愿意，还是带着阿霞住在她的姐姐家里。我小时候，只有逢节日在教堂里看见达吉雅娜。她头上包着深色头巾，肩上披着黄色的披肩，站在靠窗的人群中，——她那严肃端庄的侧影清晰地显露在透明的玻璃窗上，——她谦逊地、虔敬地祈祷，照老式的样子深深地低下头来。伯父带我离开的时候，阿霞才两岁，在她九岁那年，她失去了母亲。

　　"达吉雅娜一死，父亲就把阿霞领回家。他以前就表示过要把她领在身边，但是达吉雅娜连这件事也拒绝了他。您可以想象，阿霞被老爷领来时的心情。她至今也不能忘记第一次给她穿上绸衣裳，人们第一次吻她的手的那个时刻。她母亲在世的时候，对她管教很严；到了父亲身边她享有绝对的自由。他是她的教师；除了他，她什么人都看不到。他不娇纵她，就是说，他并不是无微不至地照顾她；但是他非常爱她，对她百依百顺；他心里认为自己对不起她。阿霞很快就懂得，她是家里主要的人，她知道，老爷是她的父亲；但是她也同样很快地明白了自己的尴尬的身份。自尊心在她心里强烈地发展，怀疑也同样地产生了；坏习惯生了根，纯朴消失了。她要让全世界都忘记她的出身（有一次她亲口向我承认）。她既为自己的母亲感到羞耻，又为自己有这样的想法感到羞愧，于是她又为自己的母亲感到骄傲。您可以看到，不论过去还是现在，她都懂得许多在她的年纪不应该懂得的事……但是这能怪她吗？青春的活力在她心里迸发，热血在沸腾，可是近旁又没有一个可以指导她的人。她在各方面都是绝对的自主！要忍受她可不是容易的！她要显得不比别人家的小姐逊色，她拼命地读书。这会有什么好处呢？她的生活不正常地开始，继续不正常地发展下去，但是她的心地没有变坏，智力没有受到损伤。

"于是我这个二十来岁的年轻人，就要照顾一个十三岁的女孩子！父亲去世后的头几天里，她一听到我说话的声音就浑身发抖，我的爱抚使她难受，她只是渐渐地逐步习惯了我。真的，等她后来相信我真把她当作妹妹看待，像爱妹妹那样爱她，她便热情地依恋着我。她的爱和憎都是绝对的。

"我把她带到彼得堡。尽管和她分开使我很痛苦，我却决不能把她带在身边。我把她送进一所最好的寄宿学校。阿霞懂得我们必须分开，可是起初她病得几乎死去。后来，她好不容易忍受下来，在寄宿学校里度过了四年；但是，和我的期望相反，她几乎依然和原来一样。寄宿学校校长为她常来找我诉苦。她对我说，'责罚她不行，待她好她也不理睬'。阿霞聪颖过人，学习成绩很好，超出所有的同学，但是她绝不肯跟普通人一样，性子倔强，孤僻……我不能过分责怪她：以她的处境，她要么是讨好别人，要么是跟人落落寡合。在所有的女同学里，她只同一个贫苦难看、受人欺侮的女孩子要好。跟她一块儿上学的小姐们多数都出身名门，她们不喜欢她，对她冷嘲热讽，想方设法地刺痛她。阿霞对她们也丝毫不让。有一回上宗教课的时候，教师讲起了罪恶。'诌媚和懦弱是最要不得的罪恶。'阿霞大声说。总之，她继续我行我素；只有她的举止变得好了一点，尽管她在这方面的进步似乎并不大。

"最后，她满十七岁；再让她留在寄宿中学可不行了。我的处境使我很伤脑筋。突然，我想到一个好主意：辞去职务，带着阿霞到国外去待上一两年。我想到就做，所以现在我和她就到了莱茵河上。在这里，我努力画画，她呢……淘气胡闹，举动像以前一样古怪。但是，现在我希望您不要过分严厉地批评她；尽管她做得一切都不在乎的样子，其实她重视每个人的意见，特别是您的意见。"

迦庚又露出他那文静的微笑。我紧紧地握了他的手。

"一切就是这样，"迦庚又开始说，"可是我拿她真是毫无办法。她真像火药一样。到目前为止她还没有喜欢什么人，要是她爱上了谁，那可不得了。有时候，我都不知道拿她怎么办。前两天她忽然异想天开，硬说我待她比以前冷淡了，她说她只爱我，并且永生永世只爱我一个人……一边说一边还哭得那么伤心……"

"原来是这样……"我刚说出口又住口了。

"请告诉我，"我问迦庚（我们之间已经是无所不谈了），"难道真的她至今还没有喜欢什么人？在彼得堡她不是见过好些年轻人吗？"

"她对他们一个也不喜欢。不，阿霞需要一个英雄，一个不平凡的人，或是需要画上画的峡谷里的牧人。可是我跟您谈的时间太久，把您的事耽误了。"他站起身来说。

"哎，"我说，"我们到您那里去吧，我不想回家了。"

"那您的工作呢?"

我没有回答；迦庚温和地笑笑，我们就回 Л 城。当我看到熟悉的葡萄园和山顶白色的小屋，我感到一种甜意——正是心里甜丝丝的：好像有人悄悄地把蜜注进我的心里。听了迦庚的故事，我心里轻快了。

九

阿霞在门口迎接我们；我以为她又要笑了，但是她迎着我们走过来的时候面色苍白，一声不响，眼睛低垂。

"他又来了，"迦庚说，"而且你要注意到，是他自己愿意回来的。"

阿霞询问似的看看我。我向她伸出手去，这一次我紧紧握了她的冰冷的纤指。我感到非常怜惜她，现在我懂得了以前在她身上许多使我不解的事：她内心的不安、她的不善于待人接物、她要炫耀自己的愿望——这一切我都明白了。我窥探了这个灵魂：一种隐秘的重负时时压着她，没有经验的自尊心斗争着，挣扎着，但是她的整个身心向往着真理。我明白了为什么这个奇怪的少女吸引着我；她吸引我，不仅是单凭充溢在她那整个纤细的身体里的近乎野性的魅力，我喜欢她的心灵。

迦庚开始翻寻他的画稿；我请阿霞和我到葡萄园里去散散步。她马上欣然地、几乎是顺从地同意了。我们下到半山，在一条宽石板上坐下。

"您不跟我们在一块儿也不感到寂寞吗？"阿霞开始说。

"那么我不在你们不感到寂寞吗？"我问。

阿霞瞟了我一眼。

"是的，"她回答说。"那些山上好玩吗？"她马上又接着说，"山高吗？比云彩还高吧？把您看到的讲给我听吧。您讲给哥哥听了，可是我一点没有听到。"

"谁让您走开的呢？"我说。

"我走开……因为……现在我不是不走开了吗？"她带着信任亲切的语气说下去，"今天您生气了。"

"我？"

"就是您。"

"得啦，您想到哪里去啦……"

"我不知道，可您是生气了，而且生着气走了。您那样走了使我非常难受。现在您回来了，我也高兴了。"

"我也高兴我回来了。"我说。

阿霞微微耸了耸肩，就像孩子们高兴的时候常做的那样。

"啊，我会猜!"她接着说，"有时候我在另外一个房间里，只要听爸爸的咳嗽，就能知道他对我是不是满意。"

在那天以前，阿霞一次也没有向我提过她的父亲。这使我吃惊。

"您爱您的爸爸吗?"我说出口之后突然感到非常后悔，我的脸红了。

她没有回答，她的脸也红了。我们都沉默起来。在莱茵河上，远远地有一艘轮船冒着烟驶过。我们开始望着轮船。

"您怎么不讲啊?"阿霞低声说。

"您今天为什么一看见我就大笑?"我问。

"我自己也不知道，有时我明明想哭，可是我反而笑。您不应该根据我的行为来批评我……哦，随便问一声，关于罗累莱[1]的传说是怎么回事? 那边看得见的就是她的岩石吧? 传说她起先把所有的人都淹死，可是后来她爱上了一个人，自己就投水死了。我喜欢这个传说。路易斯太太讲给我听各种各样的故事。路易斯太太有一只黑猫，黄眼睛……"

阿霞抬起头来，摇摇鬈发。

"啊，我真快活。"她说。

在这一瞬间，耳畔传来一阵若断若续的单调的歌声。几百条嗓子抑扬有致地齐声唱着赞美诗: 一群香客举着十字架和神幡在下面的大路上鱼贯前进……

"我要是跟他们一块儿去多好!"阿霞谛听着逐渐消逝的阵阵歌声，说。

"您是那么信神吗?"

"到一个遥远的地方去，去祈祷，去干一番艰难的事业。"她接着说，"要不然日子一天天过去，生命消逝，可是我们有什么作为呢?"

"您很有抱负，"我说，"您不愿意虚度此生，您要在身后留下痕迹……"

"这难道不可能吗?"

1　德国传说中的一个魔女，她坐在莱茵河畔一座巉岩岩顶上，用歌声引诱河上的船夫。

"不可能。"我差一点要这样说……但是我瞥视了她的发亮的眼睛，只好轻声说：

"您试试吧。"

"请告诉我，"阿霞沉默了一会儿说，这时她那变得苍白的脸上掠过了一个阴影，"您非常喜欢那位夫人吗？……您记得，在我们认识的第二天，哥哥在废墟祝她健康的那一位。"

我笑起来。

"您哥哥是开玩笑。我没有喜欢过一位夫人，至少目前我没有一个喜欢的夫人。"

"女人身上您喜欢的是什么？"阿霞带着天真的好奇把头往后一仰，问道。

"多么奇怪的问题！"我提高声音说。

阿霞有点不好意思。

"我不该问您这样的问题，对吗？原谅我，我习惯了脑子里想到什么，嘴里就说出来。就是因为这个我才怕说话的。"

"看上帝的分上说吧，别怕，"我说，"我真高兴您终于不再对我怕生了。"

阿霞垂下眼睛，发出一声低低的轻快的笑声；她这样的笑声是我没有听到过的。

"那么，您讲点什么吧。"她抚平她的衣裙，让它盖在脚上，好像预备久坐似的。她接下去说："讲点什么或是念点什么，您记得吗，就像您给我们朗诵过的《奥涅金》里的一段那样……"

她忽然沉思起来……

　　在那里如今十字架和树枝的荫影

　　荫庇着我可怜的母亲！[1]

　1　引自普希金的长诗《奥涅金》第8章第46节。

她低声念着。

"普希金不是这么写的。"我指出 [1]。

"我多么希望我就是达吉雅娜。"她仍旧那样若有所思地说，"给讲点什么吧。"她突然活泼地说。

但是我没有心思讲故事。我看她全身浴着明媚的阳光，显得那么安静温顺。我们的四周，我们的脚下，我们的头顶上都欢欣地闪着光——天、地和水，连空气看上去都充满光辉。

"您看，多美！"我不禁压低了声音说。

"是啊，真美！"她也轻声回答，并没有望着我，"如果我和您是飞鸟，我们要怎样盘旋，怎样翱翔啊……我们就这样沉没在这片蓝空中……然而我们不是鸟。"

"可是我们会长出翅膀来的。"我说。

"那怎么会呢？"

"您生活下去，就会知道的。有一些感情会把我们从大地上高高举起。别担心，您会有翅膀的。"

"那么您有过吗？"

"怎么对您说呢……好像到目前为止我还没有飞过。"

阿霞又沉思起来。我的身子微微俯向她。

"您会跳华尔兹吗？"她突然问。

"会。"我有点摸不着头脑，回答说。

"那么走吧，走吧……我请哥哥给我们弹华尔兹……我们就想象我们是在飞，我们长出了翅膀。"

她往家里跑，我跟在她后面跑。几分钟后，我们已经在狭小的房间里，在兰

1　普希金的诗句里写的是"乳娘"，不是"母亲"。

纳的悦耳的华尔兹舞曲声中旋转着。阿霞跳华尔兹跳得非常好，跳得入迷。在她那处女的端庄的脸上突然透露出女性的温柔。很久以后，我的手似乎还感到和她那柔弱的腰肢的接触，仿佛还久久听到她的急促的、贴近我的呼吸，她那迅速飘拂的鬈发，苍白而兴奋的脸上那双几乎闭着不动的黑眼睛，仿佛还久久浮现在我眼前。

十

　　这一整天过得好极了。我们像孩子似的玩得很开心。阿霞显得非常可爱、单纯。迦庚望着她，很高兴。我很晚才离开他们。船划到莱茵河中心，我请船夫让小船顺流漂去。老人把桨举了起来，雄伟的河流便载着我们向前。我环顾四周，谛听着，回忆着，突然心中感到一种隐隐的不安……我举目望天，但是天上也不平静：它满缀繁星，不停地在发颤、运行、抖动。我俯视河水……但是连在那里，在那黑暗寒冷的深处，星星也在晃动、颤抖。到处我都感到令人不安的活跃气氛——我心里的不安也增强了。我把臂肘支在船舷上……微风在我耳畔的絮语，船尾河水低低的潺流声，都使我心烦；波浪清新的气息也不能使我冷静下来。一只夜莺在岸上歌唱起来，它那歌声的甜蜜的毒素感染了我。我开始热泪盈眶，但这不是没来由的欣喜之泪。我所感到的不是那种朦胧的，当我的心灵舒展，鸣响，觉得它一切都了解、一切都爱的时候所体验到的无所不包的愿望的感受……不！我心中燃烧起对幸福的渴望。我还不敢叫出它的名字，但是幸福，达到饱和的幸福——这就是我所期望的、我所苦苦追求的……小舟继续漂流，老船夫把头俯在桨上，坐在那里打瞌睡了。

十一

第二天我出门去看迦庚他们的时候，我没有问自己，我是否爱上了阿霞，但我老是想起她，我关心她的身世，我高兴我们这次意想不到的接近。我感到我是从昨天才认识她；在那以前她总躲着我。现在，她终于向我显露出她原来的面目，她的形象放射出多么迷人的光彩，这个形象对我是多么新颖，在这个形象里又羞羞答答地透露出多么神秘的魅力……

我兴冲冲地走在熟悉的路上，不断地望着远处那所白色的小房子；我不仅不去想未来，我连明天都不想。我心里非常快活。

我走进室内的时候，阿霞的脸红了；我注意到她又着意打扮过，但是她脸上的表情和她的装束不相称：她的表情是忧愁的。而我却是高高兴兴地来了！我甚至以为，她会照她的习惯又要跑开，但是她勉强自己留了下来。迦庚正沉浸在艺术家的狂热和如痴如醉的奇特心情之中——那些初入门的画家，每当他们自以为（照他们的说法）"捉住了大自然的尾巴"时，这种心情就会突发，控制住他们。他站在一块绷紧的画布前面，头发蓬乱，身上沾满油彩，在画布上猛挥着画笔，带着几乎是凶狠的神情朝我点点头，向后退了一步，眯缝起眼睛看了看，又去专心画画。我不去打扰他，就在阿霞身边坐下。她的黑眼睛慢慢地转向我。

"您今天跟昨天不一样。"我几次努力想引起她唇上的微笑都没有成功，就这样说道。

"是不一样，"她慢吞吞地、声音低沉地说，"但是这没有关系。我昨晚睡得不好，整整想了一夜。"

"想什么呢?"

"啊,我想了好多。我从小就有这个习惯,从我跟妈妈住在一块儿那时候起……"

她费力地说出"妈妈"这个词,后来又说了一遍:

"当我跟妈妈住在一块儿的时候……我想,为什么谁都不会知道他的未来;有时明明看到灾难临头,却无法逃避;为什么永远不能完全说出真话呢? ……后来我想,我什么都不知道,我需要学习。我需要重新受教育,我过去受的教育太差。我不会弹钢琴,不会绘画,我连缝纫都不行。我什么专长都没有,跟我在一块儿一定很乏味。"

"您不要妄自菲薄,"我反驳说,"您读了很多书,您有学问,再加上您的聪明……"

"我聪明吗?"她带着那样天真的好奇问,使我不禁发笑了,但是她连一丝笑意都没有。"哥哥,我聪明吗?"她问迦庚。

他没有回答她,继续工作,手臂高举着,不断地换着画笔。

"有时我自己都不知道我脑子里在想些什么,"阿霞带着同样沉思的神情接着说,"说真的,有时我自己都害怕自己。啊,我多么希望……女人不应该读书读得太多,是真的吗?"

"不要太多,不过……"

"告诉我,我应该读些什么? 告诉我,我应该做什么? 凡是您告诉我的,我都要照着做。"她带着天真的信任的神情对着我,又添了一句。

我一时不知怎样回答她。

"您跟我在一块儿不会感到乏味吗?"

"您想到哪儿去了。"我说。

"啊,谢谢您!"阿霞说,"我还以为您会感到乏味的呢。"

于是她用发烫的小手紧紧地握住我的手。

"H.!"在这一瞬迦庚大声说，"这个背景不嫌暗吗？"

我走到他面前。阿霞站起身来走了。

十二

过了一小时她回来了，站在门口招手叫我过去。

"听我说，"她说，"要是我死了，您会可怜我吗？"

"您今天的念头真怪！"我大声说。

"我觉得我快死了；有时我觉得周围的一切都在和我告别。与其这样活着，还不如死了的好……啊！别这样望着我，我真不是假装的。不然我又要怕您了。"

"难道您以前怕我吗？"

"如果我这个人是这么怪，说真的，那并不怨我，"她说，"您看，我连笑都笑不出来了……"

一直到晚上她都是闷闷不乐、心事重重的样子。她内心发生了我所不理解的事。她的目光常常停在我身上；在这谜样的目光的注视下，我的心微微抽缩。她看上去是平静的，但是我望着她，一直想对她说，叫她不要激动。我欣赏着她，我发现在她那苍白的脸上，在她那犹豫缓慢的举动里自有一股动人的魅力，可是她不知为什么以为我不高兴了。

"听我说，"在我临走前一会儿她对我说，"有一个念头苦恼着我，我觉得您把我当作一个轻佻的人……今后您永远要相信我对您说的话，不过您也要对我坦率：我向您保证，我永远要对您说真话……"

这个"保证"又使我笑起来。

"啊，不要笑，"她很快地说，"否则我今天就要把您昨天对我说的‘您笑什么？’来对您说了。"她沉默了一会儿，又说："您记得昨天您说的关于翅膀的话吗？……翅膀我是长出来了……可是无处可飞。"

"得啦，"我说，"条条道路在您面前都畅通无阻……"

阿霞注意地直望着我的眼睛。

"您今天对我的印象不好。"她皱起眉头，说。

"我？对您！印象不好？……"

"你们怎么一副垂头丧气的样子，"迦庚打断了我，"要不要我照昨天那样给你们弹一曲华尔兹？"

"不要，不要，"阿霞拧着手说，"今天无论如何不要！"

"我不来勉强你，你放心吧……"

"无论如何不要！"她面色苍白地重复说。

……

"难道她爱上了我？"我向着黑浪滚滚的莱茵河走去，心里一面想道。

十三

"难道她爱我？"第二天我一醒来就问自己。我不愿意窥探自己的内心。我感到，她的身影，"那个笑得不自然的少女"的身影已经挤进我的心里，我一时不能摆脱它了。我到 Л 城去，在那里待了一整天，但是阿霞只露了露面。她不舒服，头疼。她下来待了片刻，包着额头，面色苍白、消瘦，眼睛几乎睁不开。她有气无力地笑了笑说："这会过去的，不要紧，一切都会过去的，不是吗？"说了就走了。我感到寂寞，心里似乎忧郁而空虚；然而我久久不愿离去，直到很晚才回家，就此没有再看见她。

第二天早晨在一种半睡半醒的状态中过去。我想动手工作，可是不行；我希望什么事都不做，什么都不去想……而这也办不到。我信步在城里走着；回到家里，又出去。

"您是 H. 先生吗？"忽然听到背后有一个小孩的声音。我转身一看，我面前站着一个男孩。"这是 Annette [1] 小姐给您的。"他递给我一张字条，又添了一句。

我打开字条，认出是阿霞的歪歪斜斜的潦草的字迹。"我一定要见您，"她写道，"今天四点钟到废墟附近路旁的石头小教堂来。今天我做了一件非常不谨慎的事……看在上帝的分上来吧，您会知道一切……对来人说一个：是。"

"有回音吗？"男孩问我。

"你就说，是。"我回答说。

男孩就跑开了。

<h2 style="text-align:center">十四</h2>

我回到房间里，坐下来思量。我的心猛烈地跳动。我几次反复读阿霞的短信。我看看表：还不到十二点呢。

门开了，迦庚走了进来。

他面色阴郁。他一把抓住我的手，紧紧地握住。他好像非常激动。

"您怎么啦？"我问。

迦庚搬了一把椅子在我对面坐下。

1　就是阿霞。

　　“大前天，”他勉强地笑着，犹犹豫豫地开始说，“我讲的事情让您吃惊，今天我就更要使您吃惊了。要是对别人，我一定不敢……这样坦率……但是您是一个高尚的人，您是我的朋友，是吗？请听我说，我的妹妹阿霞爱上您了。”

　　我浑身一颤，站了起来。

　　“您的妹妹，您说……”

　　“是的，是的，”迦庚打断我的话，“我对您说，她发疯了，把我也逼得发疯，不过，幸好她不会撒谎——她信任我。啊，这个女孩子有着怎样的灵魂啊……但是她会毁了自己，这是毫无疑问的。”

　　“您弄错了吧?”我开口说。

　　“不，我没有弄错。昨天，您知道，她差不多躺了一整天，什么也不吃，但是也没有说有什么不舒服……她有病从来不说。虽然到傍晚她有些发烧，我也没有担心。昨天夜里大约两点钟光景，我们的房东太太叫醒了我：‘您去看看您妹妹，她好像是病了。’我跑到阿霞那里，看见她没有脱去衣服，发着高热，眼泪汪汪的；她的额头很烫，牙齿打战。‘你怎么样?’我问道，‘你病啦?’她扑过来搂住我的脖颈，恳求我，如果我愿意她活下去，就尽快带她离开……把我弄得莫名其妙，我极力安慰她……她哭得越发伤心了……突然在她的呜咽中我听出来……啊，一句话，我听出来她是爱上了您。我请您相信，你我都是有理智的人，我们无法想象，她的感情有多么深，她的这些感情是以怎样令人难以置信的力量在她身上表现出来。它像狂风暴雨那样突如其来，不可抵挡地在她身上发作。您是一个非常可爱的人，”迦庚接着说，“但是她为什么这样强烈地爱上了您，——老实说，这我实在不明白。她说，她第一眼看到您就爱您。所以几天前她才哭着向我保证，除了我她谁都不愿意爱。她以为您瞧不起她，以为您一定知道她是什么样的人；她问我有没有把她的身世告诉您，我当然说没有；但是她这个人敏感得要命。她只有一个希望：离开这里，马上离开。我陪她坐到早晨；她要我答应她，今天就离开此地——我答应了她之后她才睡着。我考虑再三，决定来找您谈谈。依我看，阿霞是对的：最好的办法是，我们兄妹都离开这里。要不是我脑子里起的一个念头阻止了我，我今天就已带她走了。也许……谁知道呢？——您喜欢我的妹妹。要是这样，我何必带她走呢？所以，我丢开一切爱面子的顾虑，就决定……而且，我自己也有所觉察……我决心……来问问您……"可怜的迦庚窘态毕露。"请原谅我，"他又加了一句，"我不习惯处理这样伤脑筋的事。"

我握住他的手。

"您想知道，"我声调坚定地说，"我喜不喜欢您的妹妹吗？是的，我喜欢她……"

迦庚看了我一眼。

"但是，"他犹豫地说，"您是不会同她结婚的吧？"

"您要我怎样来答复这样的问题呢？您自己想想，我能现在就……"

"我知道，我知道，"迦庚打断了我的话，"我没有任何权利要求您答复，我的问题是非常失礼的……但是您叫我怎么办呢？火是玩不得的。您不了解阿霞；她会生病，会逃走，会跟您约会……换了别的女孩子，会不动声色，等待着，——但她不是这样的人。这在她是第一次，——这就糟了！要是您看到她今天扑倒在我脚边痛哭的情景，您就会了解我的担心的。"

我沉思起来。迦庚说的"会跟您约会"的那句话刺痛了我的心。我觉得，如果我不用坦率来回答他的真诚的坦率，是可耻的。

"是的，"我最后说，"您说得对。一小时前我接到您妹妹的一封短信。您看吧。"

迦庚接过字条，匆匆看了一遍，把手垂到膝上。他脸上惊讶的表情非常可笑，但是我没有心思去笑。

"我再说一遍，您是一个高尚的人，"他说，"可是现在怎么办呢？怎么办？是她自己要离开，可是又写信给您，并且责备自己做了一件不谨慎的事……她这是什么时候有工夫写的呢？她要求您做什么？"

　　我劝他不要着急，我们就开始尽量冷静地商量我们应该采取什么办法。

　　这就是我们最后做出的决定：为了避免出事，我应该去赴约会，向阿霞老老实实地解释；迦庚一定要留在家里，一点不露出他知道她那封短信的事；晚上我们再碰头。

　　"我完全信赖您。"迦庚说，紧紧握住我的手，"宽恕她，也宽恕我。我们明天无论如何要离开此地。"他站起身来，又添了一句："因为您是不会同阿霞结婚的。"

　　"给我点时间，让我到晚上答复您。"

　　"行，不过您是不会同她结婚的。"

　　他走了，我扑倒在沙发上，闭上眼睛。我头昏脑涨，许许多多的印象一下子猛然涌到我的头脑里。我恼怒迦庚的坦率，我恼怒阿霞，她的爱使我快乐，也使我心绪不宁。我不明白，是什么使她把一切都对哥哥和盘托出；必须紧迫地、几乎是限时限刻地做出决定，这使我痛苦……

　　"同一个像她那样性格的十七岁的少女结婚，这怎么可能！"我站起身来说。

十五

　　在约定的时间我渡过莱茵河，在对岸第一个迎着我的就是早上来找我的那个小男孩。显然他是在等我。

　　"Annette 小姐给您的。"他低声说，又交给我一张字条。

　　阿霞通知我改变我们的约会地点，要我在一个半小时之后不是去小教堂，而是到路易斯太太家里去，在下面敲门，然后上三楼。

"还是'是'吗?"男孩问我。

"是。"我重复了一遍，便沿着莱茵河畔走去。

回家已经没有时间，我又不愿意在街上闲逛。城墙外面的小花园里搭了一个玩九柱戏的棚子，还为爱喝啤酒的客人放了几张桌子。我走了进去。有几个上了年纪的德国人在玩九柱戏，木球咚咚地滚动着，偶尔可以听到叫好的声音。一个眼泡哭肿的漂亮的女侍给我送上一杯啤酒。我看了她一眼。她很快地转过身去走了。

"是啊，是啊，"坐在这儿一个面颊红红的胖子说，"我们的甘卿今天伤心极了：她的未婚夫去当兵了。"

我看了看她：她紧挨在角落里，一手托着腮，泪珠一滴一滴地顺着她的手指滴下来。有人要啤酒；她拿了一杯给他，又回到原来的地方。她的悲伤影响了我。我开始想到等待着我的约会，然而我的思想充满焦虑，并不快乐。我并不是怀一颗轻快的心去赴这个约会，我将遇到的并非沉醉于互相爱悦的欢乐。我将去履行诺言，去完成一个艰巨的任务。"跟她可不能开玩笑"——迦庚的这句话像箭似的穿进了我的心。可是三天前，在这只顺流而下的小船上，我不是还苦苦地渴望着幸福吗？现在幸福是可能的了，而我却犹豫不决，我推开了它，我不得不推开它……它的突如其来使我不安。阿霞本人，她的火热的头脑，她的身世，她受的教育，这个迷人而又奇怪的少女——我承认，她使我害怕。这种种感情在我心里斗争了很久。约定的时间快到了。"我不能跟她结婚，"最后我做出决定，"她并不会知道我也爱上了她。"

我站起来，放了一枚泰勒[1]在可怜的甘卿手里（她甚至没有向我道谢），就向路易斯太太家里走去。空中已经布满黄昏的阴影，在黑暗的街道上空有一窄条天空被晚霞的余晖映得通红。我轻轻地敲了敲门，门马上打开了。我跨过门

1　旧时德国银币，合三马克。

槛，到了一片黑暗里。

"这儿来!"一个老妇人的声音说，"在等着您呢。"

我摸索着走了两步。一只瘦骨嶙峋的手抓住我的手。

"您就是路易斯太太?"我问。

"是我，"同一个声音回答我，"是我，我的漂亮的年轻人。"

老妇人领我上了陡峭的楼梯，在三楼的楼梯口停下。借着从一扇小窗射进来的微光，我看到市长的寡妇的满是皱纹的脸。一个殷勤得叫人肉麻的、狡猾的微笑使她的塌嘴咧开，使她的黯淡无光的小眼睛眯缝起来。她向我指指一扇小门。我的手用一个痉挛的动作把门打开；进去之后，我随手砰地把门关上。

十六

我走进去的那个小房间里相当昏暗。因此我没有立刻看到阿霞。她身上裹着一条长围巾，坐在靠窗的一张椅子上，把头扭过去，几乎把头藏了起来，像是一只受惊的小鸟。她呼吸急促，浑身颤抖。我对她感到说不出的爱怜。我走近她。她把头更扭了过去……

"安娜·尼古拉耶芙娜[1]……"我说。

她突然把身子挺直，想看看我——可是不能。我握住她的手，手是冰冷的，在我的手里好像是死人的手。

"我希望……"阿霞开口说，极力想笑一笑，但是她的惨白的嘴唇不听她的，"我希望……不，我不能够。"她这样说了就沉默了。的确，她说的每一个

1　阿霞的本名和父名。

字声音都是不连贯的。

我在她身边坐下。

"安娜·尼古拉耶芙娜……"我又说了一遍，可是也说不下去了。

一片沉默。我仍然握着她的手，望着她。她像原来那样缩作一团，呼吸困难，轻轻地咬住下嘴唇，不让自己哭出来，不让盈眶的泪水流下来……我望着她，在她那胆怯的一动不动的姿态之中有一种楚楚可怜的神情：仿佛她疲倦得勉强走到椅子跟前，就倒在上面了。我的心软了……

"阿霞……"我的声音低得几乎听不见……

她慢慢地抬起眼来看我……啊，一个正在恋爱的少女的目光，——有谁能把你描写出来？这双眼睛，它们在祈求，它们表现出信任，在提出疑问，在表示顺从……我无法抗拒它们的魅力，仿佛有一团微火传遍我的全身，像灼热的针刺着我。我弯下身去吻她的手……

听到一个颤抖的声音，好像是一声若断若续的叹息，接着我感到一只颤抖的手像落叶似的轻轻地在抚摸我的头发。我抬起头来，看到了她的脸。它突然变得多么厉害啊！害怕的表情消失了，望着远方的目光也引着我随她看去，嘴唇微微张开，额头白得像大理石，鬈发好像被风吹拂到后面。我忘了一切，我把她拉近我——她的手顺从地听凭我拉，她的整个身子也跟着被拉过来，围巾从肩上滑下去，她的头轻轻地伏在我的胸口，贴在我的火热的嘴唇下……

"我是您的……"她的话轻得几乎听不见。

我的手已经在抚摸着她的腰……但是猛然间我想起了迦庚，这好像闪电照亮了我。

"我们是在做什么啊！……"我高呼了一声，慌忙向后退，"您哥哥……他都知道……他知道我要跟您会面。"

阿霞倒在椅子上。

"是的，"我接着说，一边站起来，走到房间的另一个角落，"您哥哥全都知道……我不得不统统都告诉他了。"

"不得不?"她似乎没有听懂似的重复了一遍。她显然还没有明白过来,对我的话不十分听得懂。

"是啊,是啊,"我有些狠着心肠重复地说,"而且这都怪您,都怪您一个人。您为什么泄露了自己的秘密?有谁逼您把一切统统告诉您哥哥?他今天亲自来找过我,把您跟他讲的话都告诉了我。"我极力不去看阿霞,大步在房间里走来走去。"现在一切都完了,一切,一切。"

阿霞想从椅子上站起来。

"别动,"我大声说,"别动,我求您。您是在跟一个诚实的人——是的,跟一个诚实的人——谈话。可是,看在上帝的分上,是什么使您激动呢?难道您发现我有什么变化吗?可是今天您哥哥来找我的时候,我不能够向他隐瞒。"

"我在说些什么呀?"我心里想道,我头脑里不住地鸣响着一个念头:我是一个不道德的骗子,迦庚知道我们的约会,一切都被误解了,被发现了。

"我没有叫哥哥去,"阿霞吃惊地低声说,"是他自己去找您的。"

"您看看吧,您做了些什么。"我接下去说,"现在您倒要离开……"

"是的,我应该离开这里。"她仍旧那样低声地说,"我请您来这儿,只是为了跟您告别。"

"您以为,"我说,"跟您分别我心里好受吗?"

"那么,您为什么要告诉我哥哥呢?"阿霞带着困惑的神情又说了一遍。

"我对您说——我不得不这样做。要不是您自己先泄露自己……"

"我把自己锁在房间里,"她天真地说,"我不知道房东太太还有一把钥匙……"

在这种时候从她嘴里说出的这种天真的解释——当时几乎使我生气……可是现在回想起来我就不能不心酸。可怜的、单纯老实的孩子!

"所以现在一切都完了!"我又说,"一切都完了。现在我们应该分别了。"

我偷偷地看了阿霞一眼——她的脸马上涨红了。我感到，她觉得又羞又怕。我自己一边走一边像发高烧似的说着，"您不让开始成熟的情感有机会发展，您自己破坏了我们的关系，您不信任我，您怀疑我……"

在我说话的时候，阿霞的身子越来越向前倾——突然，她跪下了，用手捂住脸痛哭起来。我跑到她面前，想扶她起来，但是她不让。我忍受不了女人的眼泪：我一看到它，马上就不知如何是好。

"安娜·尼古拉耶芙娜，阿霞，"我一再地说，"请，我求求您，看在上帝的分上，请您别哭了……"我又握住她的手。

但是，使我万分惊讶的是，她突然跳了起来，像闪电似的冲到门口，消失了……

几分钟后，路易斯太太走进来的时候，我好像被雷殛似的，仍旧站在房间当中。我不明白，这次约会怎么会这么短促，这么愚蠢地结束——在我还没有把我心里想说的和我该说的百分之一说出来，在我自己还不明白这事会怎样解决的时候，就结束了……

"小姐走了吗？"路易斯太太问我，她的黄眉毛抬得高高的，一直抬到假发那边。

我像傻瓜似的望了望她，就走了出去。

十七

我费力地出了城，径直往田野里走去。懊丧，疯狂的懊丧折磨着我。我百般责备我自己。我怎么会不懂得阿霞为什么要改变我们会面的地点，怎么不重视她到这个老妇人家里来要付出多高的代价，我又怎么会不留住她！和她在这紧闭的、几乎没有亮光的斗室内单独相对，我竟然有足够的力量，有足够的勇气拒绝她，甚至责备她……现在她的身影一直伴随着我，我请求她的宽恕；回想起这张苍白的脸、这双潮润羞怯的眼睛、低垂的头颈上的鬓发和她的头轻轻地靠在我的胸口的情景——这一切灼痛了我。"我是您的……"我仿佛听到她的低语。"我是本着良心做事的。"我一再对自己说……这不对！难道我真是希望这样的结局吗？难道我能够跟她分开吗？难道我能失去她吗？"疯子！疯子！"我恨恨地重复说……

这时夜色降临。我大步向阿霞住的房子走去。

十八

迦庚迎着我走出来。

"您看到我的妹妹了吗？"他远远地就对我大声说。

"难道她不在家？"我问。

"不在。"

"她没有回来？"

"没有。这都怪我。"迦庚接着说，"我忍不住了：我违背我们的约言到小教堂去了，她不在那里。这么说，她没有去吗？"

"她没有去小教堂。"

"您也没有见到她？"

我不得不承认我看到了她。

"在哪里？"

"在路易斯太太家里。一小时前我和她分手，"我又说，"当时我想她一定是回家了。"

"我们等着吧。"迦庚说。

我们走进房子里，挨着坐下。我们都没有开口。我们俩都觉得非常尴尬。我们不住地回过头去看看门，侧耳倾听着。最后，迦庚站了起来。

"这太不像话！"他提高声音说，"我心里乱极了。她真是要我的命……我们去找找她吧。"

我们走出去。外面已经完全黑了。

"您到底跟她说了些什么？"迦庚问我，他把帽子拉到眼睛上。

"我跟她见面总共只有五分钟，"我回答说，"我是按照我们商量好的话跟她说的。"

"我看这样吧，"他说，"我们最好分头去找，这样我们会更快碰上她。不管怎样，过一小时您到这儿来。"

十九

我很快地从葡萄园里走下去，直奔城里。我急匆匆地走遍所有的街道，到处张望，连路易斯太太的窗口也张望了。我又回到莱茵河畔，沿河岸跑着……我偶尔看到一个女人的身影，但是却哪儿都不见阿霞的影踪。现在折磨着我的已经不是懊丧——有一种隐秘的恐惧使我心碎，而且我感到的还不仅是恐惧……不，我感到悔恨、惋惜、五内如焚，还有爱——是的！最最温柔的爱情。我急得绞着双手，我在逐渐降临的夜色中呼唤着阿霞，起初是轻声地，后来声音越来越响。我一百次重复着说我爱她，我发誓永不和她分离；我情愿放弃世上的一切，只要能再握住她的冰冷的手，再听到她的轻柔的声音，再看到她在我面前……她曾经就在我的眼前，她曾满怀决心，满怀天真无邪的心灵和感情来到我面前，她给我带来她那纯贞的青春……而我却没有把她紧搂在胸口，我使自己失去了看到她那可爱的脸庞像鲜花似的闪耀着喜悦和宁静的欢乐的幸福……这个念头使我要发疯了。

"她会到哪儿去，她会不会寻了短见？"在束手无策的绝望的苦恼中我高声说。突然，有一个白色的东西在河边掠过。我知道这个地方：在那儿，在七十年前一个淹死的男人的墓上，竖着一个一半埋在土里、刻着古老墓志的石头十字架。我的心凝冻了……我跑到十字架跟前，白色的人影不见了。我喊了一声："阿霞！"我的狂呼把我自己也吓了一跳，但是没有人答应……

我决定去看看迦庚有没有找到她。

二十

我急匆匆地跑上葡萄园里的小径，我看见阿霞的房间里有灯光……这使我稍稍放下心来。

我走到房子跟前，下面的门锁了，我敲门。楼下那扇没有亮光的小窗悄悄地打开了，露出了迦庚的头。

"您找到了吗？"我问他。

"她回来了，"他悄悄地回答我，"她在自己的房间里，正在脱衣服。一切都平安无事。"

"谢天谢地！"我怀着说不出的喜悦叫道，"谢天谢地！现在一切都好极了。可是您知道我们还应该再谈一谈呢。"

"下次再谈吧，"他说，轻轻地拉上了窗框，"下次再谈，现在再见了。"

"明天见，"我说，"明天一切都可以决定了。"

"再见。"迦庚又说了一遍。窗子关上了。

我差一点要去敲窗。我要立刻就告诉迦庚，我要向他的妹妹求婚。但是在这样的时候，这样来求婚……"等到明天吧，"我想，"明天我将会是幸福的……"

明天我将会是幸福的！可是幸福没有明天，幸福也没有昨天；它不记得过去，也不想未来；它只有现在——而且不是一天——只是短暂的一瞬。

我不记得我是怎样回到3城的。不是用我的双脚走回去，不是让小船载我回去，是一对宽阔有力的翅膀载着我飞翔。我走过一个灌木丛，有一只夜莺在里面啭啼，我停下来听了很久：我觉得，夜莺是在为我的爱情和我的幸福而歌唱。

二十一

第二天早上，我快要走近那所熟悉的小屋时，我看到的情景使我愕然：所有的窗户都大开着，门也开着，门槛前面满地散乱着碎纸；一个手拿扫帚的女仆在门口出现了。我走到她跟前……

"他们走了！"我还没有来得及问她，迦庚在家吗，她就冒冒失失地说。

"他们走了？"我重复了一遍，"怎么会走了？到哪儿去了？"

"今天早上六点钟走的，没说到哪儿去。等一下，您好像就是H.先生吧？"

"我就是H.先生。"

"女主人那里有留给您的信。"女仆上楼去，又拿着一封信回来，"请，这就是。"

"可是这不可能……怎么会这样呢？……"我开口说。

女仆毫无表情地望了我一眼，又去扫地。

我拆开了信。信是迦庚写给我的，阿霞连一行都没有写。在信的开头，他请我不要因为他们不告而别生他的气；他深信我经过深思，一定会赞成他的决定。在这会变得困难和危险的处境里，他找不出别的出路。"昨晚，"他写道，"在我们俩默默地等待阿霞的时候，我完全确信我们非分手不可了。有一些偏见我是尊重的；我明白您不会同阿霞结婚。她把一切都告诉了我。为了使她心里得到安宁，我只得对她的一再的、坚决的恳求让步。"在信的末尾他对我们的友谊这么快就结束表示惋惜，他祝我幸福，亲切地握我的手，并且求我不要设法去找他们。

"什么偏见？"我叫起来，好像他能听见似的，"岂有此理！是谁给他权利把她从我手里夺走的……"我双手捧住自己的头。

女仆高声叫起房东太太来：她的惊慌使我清醒。我心里燃起一个念头：去寻找他们，走遍天涯海角也要寻找他们。承受这个打击，甘心忍受这样的结局是不可能的。我从房东太太那里知道，他们是早上六点钟乘上轮船到莱茵河下流去了。我跑到售票处，那边的人告诉我，他们买了去科隆的船票。我回到家里，打算马上收拾好行李，乘船去追赶他们。我走过路易斯太太的家……我忽然听见有人叫我。我抬头一看，就在昨天我和阿霞会面的那个房间的窗口看到市长的寡妇。她带着她那令人讨厌的微笑招呼我。我刚要转过身去走开，但是她在后面叫我，说有东西要交给我。这句话使我站住，我走进她家里。当我再次看到这个小房间时，该怎样表达我的感情啊……

"说实在的，"老妇人说，一边给我看一张小字条，"只有在您主动来找我的时候，我才能把它交给您，可是您是一个这样漂亮的年轻人。您拿去吧。"

我接过字条。

在一张小纸片上，用铅笔潦草地写了下面的话：

别了，我们不会再见面了。我离开不是出于骄傲——不，我不得不这样做。

昨天我在您面前哭泣的时候，假如您对我说一个字，只要一个字——我就会留下。您一个字也没有说。可见还是这样的好……永别了！

一个字……啊，我这个疯子！这一个字……昨晚我含着眼泪重复着它，我徒然对着风一再说着它，我在田野里反复地说着它……但是我却没有对她说出这个字，我没有告诉她，我爱她……当时我说不出这个字来。当我在那个决定命运的房间里会见她的时候，我还没有清楚地意识到我的爱情；甚至在我和她哥哥毫无意义地、痛苦地、相对无言地坐在一块儿的时候，爱情也还没有觉醒……只是在几分钟后，在我担心可能发生不幸，开始跑去找她、呼唤她的时候，爱情才以不可抑制之势迸发……但是那时候已经迟了。"然而这是不可能的！"人们会这样对我说；我不知道这是不是可能的，——可我知道，这是真的。假如阿霞的性格中哪怕有一丝卖弄风情的影子，假如她的身份不是那么尴尬，她是不会离开的。她不能忍受任何一个别的少女所能忍受的：这一点我却没有理解。当我在黑黝黝的窗前最后一次和迦庚见面的时候，我身上的恶魔阻止我说出已经到了我嘴边的心里话，我还能够抓住的最后的线索，就此从我心里滑走了。

当天我带着收拾好的箱子回到Л城，乘船去科隆。我记得，轮船已经启碇，我在心中暗暗地和我应该永远铭记心头的这些街道、这些地方告别的时候，我看到了甘卿。她坐在岸边的一条长凳上。她面色苍白，然而并不忧伤。一个漂亮的年轻人站在她身旁，笑着向她讲些什么。在莱茵河的对岸，我的那座小小的圣母像还是那么忧伤地从老梣树的浓绿丛中露出来。

二十二

在科隆我探听到迦庚兄妹的行踪，知道他们到伦敦去了。我又跟踪前往，但是在伦敦，任我怎样千方百计地找寻都是枉然。我久久不肯死心，我久久坚持着一定要寻找，可是最后我不得不放弃追上他们的希望。

我就此再也没有看到他们——我再也没看到阿霞。有时还传来关于她的不太明确的消息，可是对于我，她却是永远消失了。我甚至不知道，她是否还在人世。几年之后，有一次在国外的一列火车车厢里，我匆促之间看到一个女人，她的脸庞使我鲜明地想起了我永世难忘的面貌……然而，可能是偶然的相似欺骗了我。在我的记忆中，阿霞永远是我在一生中最美好的时期里认识的那个少女，是我最后一次看到她靠在矮木椅的椅背上的模样。

但是，我应该承认，我并没有因为她伤心太久。我甚至觉得，命运没有让我和阿霞结合，是很好的安排；我想，有这样的妻子，我大概不会幸福——我就用这样的想法来宽慰自己。那时我还年轻，我还以为，未来，这短暂的、很快就会消逝的未来是无限的。我想，已经发生过的事情难道不能重复，而且会更好、更美吗？……我认识了另外几个女性，但是阿霞在我心中激起的感情，那样火热的、温柔的深情，已经不能再发生了。不！没有一双眼睛可以代替那双满含热情注视着我的眼睛；没有一颗偎依在我胸前的心能怀着那样欢乐的、甜蜜的战栗来和我的心相呼应。命中注定做没有家室的独身者，我孑然一身度过寂寞的岁月，但是我像保藏圣物似的保存着她的那些字条和那枝枯了的天竺葵——就是她从窗口丢给我的那一枝，它至今还散发出淡淡的香味。而把花扔给我的那只手，我仅有一次得以把它紧贴在我唇上的那只手，也许早已在一抔黄土里腐朽……而我自己呢？——我怎么样了？我自己留下了什么？那些令人欢乐而又令人不安的日子留下了什么？那些长着翅膀的希望和憧憬又留下了什么呢？一棵卑微的小草的淡淡的气息都比一个人的全部欢乐和悲哀存在的时间更久——而且比人的本身活得更长呢。

鉴评：爱意味着要善于凝视自己

　　屠格涅夫这篇小说里的爱情幽会，也许要算是外国文学中最没有出息的一次幽会了。爱情好像悬崖边上的一朵花，只属于敢于去摘取的人。屠格涅夫这篇小说的高潮是一次约会，主动提出这次约会的也是一位少女。毫无疑问，阿霞是文学中一个非常动人的女性形象，在屠格涅夫高超的画笔下，她光彩夺目，跻身于俄罗斯文学最显赫的人物画廊中而毫不失色。她聪慧灵敏，纯洁天真，娇艳可爱，似乎可用贾宝玉赞芙蓉女儿的话来加以比喻，"其为质则金玉不足喻其贵，其为体则冰雪不足喻其洁，其为神则星日不足喻其精，其为貌则花月不足喻其色"。只不过，需补充说明的是，她并非那种冰清玉洁的类型，而是一个内心丰富、感情强烈、行动果敢的少女，当爱情"像狂风暴雨那样突如其来，不可抵挡地在她身上发作的时候"，当她感觉到自己也为对方所爱的时候，她就让自己的爱情倾泻而出，并见诸勇敢的行动，主动提出了约会。

　　约会地点的更改更是表明了她爱情的炽烈程度与她追

求幸福的胆量和勇气。原来的约会地点是小教堂，两人之间的一切言行必将符合教堂这样一个公共场所所容许的规范，但她在约会前又临时把地点改在城里一间密室里。这样一改，任何规范就都被取消了，这样一改，表露爱情的任何直露的、热烈的方式都可能脱羁而出，获得广阔的空间，虽然从具体容积来说，密室要比教堂小得多。屠格涅夫以他婉约的风格，通过这一细节，含蓄地表现了浓烈度大大上升的爱的意味。不难看出，这样一个改变，对于贵族之家一个有教养的少女来说，有点像一次小小的自我革命，因为，按照她那个社会阶层的观点看来，她此举"要付出极高的代价"，正是这一可能使她丧名辱节的举动，表现出了她鲜明的个性。然而，她以自己全部强烈的爱与微妙的柔情以及非凡的勇气所安排的约会，将是一个多么难堪、多么尴尬、多么窝囊的约会啊！

她不幸的根源有一丁点儿像晴雯，"心比天高，身为下贱"。她是贵族之家的私生女，她没有名正言顺的地位与身份，在本阶级内部，她是谈情说爱的对象，而不是结婚的对象，而她本人又偏偏把爱情看得很严肃认真；并且，她在爱情上"需要一个英雄，一个不平凡的人"，这种人在她所属的那个社会阶层中显然是找不到的，她所遇上的 H. 就证明了这点。

小说的男主人公 H. 在他那个时代社会里，也许要算是一个优秀的人，他有财产、有知识、有文化教养，为人也正派诚实，我们找不到他有什么个人的恶德与品行上的污点，但就是这个人使得阿霞安排的约会一塌糊涂，就是这个人造成了阿霞的痛苦与不幸，也叫自己抱恨终生。

应该承认，他对阿霞的爱情也是热烈而真挚的，他甚至还相信两人的爱情会使他们"长出翅膀来"，他相信"有一些感情会把我们从大地上高高举起"。他的问题显然不是出在感情上，而是出在勇气上。首先，他没有勇气超脱本阶级的习俗与偏见去与一个私生女结婚，而当他做出了不与阿霞结婚的决定去赴约时，这次约会糟糕的结局就已经注定了。我们不妨设想，如果在这次约会中，由于两人的相爱而出现了"互相爱悦的欢乐"，哪怕只出现一点，那也未尝不会成为克服偏见习俗与鼓起勇气的因素。但偏偏这位 H. 先生又正派诚实得出奇，他既然下不了与阿霞结合的决心，他也就决不去饮那杯等着他去享用的爱之美酒，哪怕只轻微地碰一下自己的嘴唇。于是，我们就看到了一个在社会生活中丧失了勇气的人，是如何在幽会的密室里，在爱之欢乐面前也丧失了活力，他竟然像一个禁欲主义者一样，把爱视为罪恶的深渊，避之唯恐不及。

事情还有比这更糟的。也许是不自觉地为了要掩盖自己的软弱、怯懦与不近人情，为了要维持对自己诚实正派的幻想，这位 H. 先生竟然冷酷而自私地对阿霞进行了责备，"这都怪您，都怪您一个人"，竟把造成对方不幸与痛苦的责任推到对方的身上。这时，我们就看到阿霞又羞又害怕地掩面痛哭，在他的面前跪了下去的那一幕。仅仅由于阿霞这一痛苦到了极点的举动，我们就永远不能原谅这位 H. 先生，这个会用德文朗诵歌德的长篇叙事诗的、窝囊自私的俄罗斯人。

也许有人会认为，阿霞敏感、孤僻、任性、情绪不稳、悲喜无常、自尊心过分，并不是一个理想的爱情对象，H. 先生就是这样想的："同一个像她那样性格的少女结婚，这怎么可能？"然而，阿霞的命运，她实际上所遭受的一切，正说明了她性格中那些成分是合乎情理的，是值得理解与同情的，它们正是她那种高洁纯真的心地在不光彩的身世条件下的变态，是她尴尬的社会地位所带来的结果，正如林黛玉的多愁善感是她寄人篱下时对自己的爱情幸福、终身大事毫无把握、忧心忡忡的自然流露，能理解林黛玉，当能理解阿霞。

屠格涅夫是俄罗斯文学中一位风格柔和的作家，这篇小说里的一切都是柔和的，即使是令人心碎肠断的痛苦，也不是以锐利的方式表现出来的。屠格涅夫还是俄罗斯文学中一位写景的圣手，他在这篇小说里把莱茵河畔的自然景物、小城风光描写得充满了魅力。他让这个爱情悲剧在宁静的异国风光中自然地徐徐展开，并把自己全部的温情深深地渗透在其中，使这个短篇具有了忧伤的诗的格调。

泰贝利与魔鬼

[美国] 艾萨克·巴什
维斯·辛格　文美惠 译

作者简介

　　艾萨克·巴什维斯·辛格（1904—1991），美国当代著名小说家，生于波兰一个犹太教神职人员的家庭，在波兰度过了他的青年时代。很早就开始用希伯来文和意第绪文写作，在华沙出版过两部短篇小说集。1935 年移居美国，成为职业作家。主要作品有：长篇小说《家庭里的穆斯卡特》《戈莱的撒旦》《卢布林的魔术师》《奴隶》《庄园》《农庄》《萨沙》，短篇小说集《傻瓜吉姆佩尔及其他故事》《市场街的斯宾诺莎及其他故事》《短短的星期五及其他故事》《羽毛冠及其他故事》等。

　　离卢布林不远，有座小镇叫拉什尼克。那里住着一对夫妇，男的叫钱姆·诺森，女的叫泰贝利。他们没有孩子，但是曾经生育过。泰贝利给丈夫生过一个儿子和两个女儿，他们都在童年夭折了：一个得了百日咳，一个得了猩红热，还有一个患的是白喉。从此以后，泰贝利再也不生育了。各种办法都用过，祈祷啦，求符念咒啦，吃偏方啦，全不见效。悲哀使得钱姆·诺森与人世隔绝。他不再亲近自己的妻子，不吃肉，也不在家里住宿，晚上就睡在教堂的长板凳上。泰贝利的父母留给她一片杂货店，她就整天坐在柜台后面，右边放着尺子，左边放把大剪刀，面前摊开意第绪文的妇女祈祷书。钱姆·诺森长得又高又瘦，有一双黑眼睛和一撮山羊胡子。他向来不声不响、愁眉不展，高兴的时候也是那副样子。泰贝利呢，长得娇小白净，圆圆的脸蛋上长着一双蓝色的眼睛。尽管老天爷给她惩罚，她还是爱笑，一笑起来面颊上就显出两个酒窝。现在她不用给谁做饭了，可还是每天生着火炉子或者三脚炉，给自己熬点粥、煮点汤。她还照样编织毛活，有时织双袜子，有时又织件背心，再不，就在帆布上面绣花。她生来不爱怨天尤人，忧郁寡欢。

有一天，钱姆·诺森把他的祈祷巾和经文匣统统装进一只麻袋，又放进去一身换洗衣服、一大块面包，就离开了家。邻居问他到哪里去，他回答道："到哪儿算哪儿。"

等到别人告诉泰贝利她丈夫抛弃了她，已经追不上了。他已经过了河。后来才知道他雇了一辆马车到卢布林去了。泰贝利打发一个送信的去找他，结果连丈夫带送信的从此都音讯杳然。泰贝利在三十三岁上成了弃妇。

她寻找了一阵，后来觉得没了指望。上帝召走了她的孩子，又召走了她的丈夫。她没法再结婚，从此以后只能独自一个人生活下去。她身边只剩下房子、店铺和家具衣服。镇上的人都可怜她，因为她是个沉静的女人，心肠又好，做买卖从来不弄虚作假。人人都问：她的命为什么这样苦？但是凡人猜不透上帝的安排。

镇上有几个家庭主妇是泰贝利童年的朋友。主妇们白天忙着锅碗瓢盆的家务活儿，到了晚上却总是到泰贝利家来串门聊天。夏天的时候，她们常常坐在她家门口的板凳上讲故事，谈家常。

一个没有月色的夏日傍晚，镇上漆黑一团，像在埃及一般，泰贝利和她的朋友们坐在板凳上。她正在对她们讲一个从书上看来的故事。那本书是过路小贩卖给她的。故事讲的是个年轻的犹太女人，她被一个魔鬼霸占了身体，魔鬼跟她生活在一起，就像夫妻一样。泰贝利详详细细讲着这个故事。女人们手拉着手，挤成一团，吐着唾沫驱邪，害怕地吃吃笑着。有个女人问：

"她为啥不贴道符驱逐魔鬼呢？"

"有的魔鬼才不怕符咒呢。"泰贝利回答道。

"她为啥不朝拜神圣的拉比呢？"

"魔鬼警告说，只要她一泄露秘密，他就把她掐死。"

"哎哟，天主保佑我们，这样的事还是不知道的好！"有个女人叫了起来。

"我可不敢回家啦。"另外一个女人说。

就在她们说话的工夫，教师的仆人阿尔乔农走了过来。他希望有朝一日能当上婚礼上的丑角。阿尔乔农的老婆死了五年了。人家都说他是个滑稽大王，又是个调皮鬼，说他疯疯癫癫，头脑不怎么正常。他的脚步声特别轻，因为鞋底全磨穿了，等于是光着脚板在走路。他听见泰贝利在讲故事，就停下来侧耳细听。四下一片黑暗，女人们只顾听那个叫人毛骨悚然的故事，谁也没看见他。这个阿尔乔农是个放荡不羁的家伙，满脑子不正经的滑头花招。转眼间他就想出了一个鬼点子。

等女人们走后，阿尔乔农偷偷溜进了泰贝利的院子。他躲在一棵树后面，窥视着窗子里的动静。他看见泰贝利上了床，吹熄了蜡烛，就悄悄地进了屋。泰贝利没有闩大门，因为镇上从来没有小偷。他在门廊里脱下身上破旧的土耳其长袍、磨损了边的外套，还有裤子，脱得全身精光，赤条条的，就像他母亲刚生下他来一样。然后他轻手轻脚地走到泰贝利床边。泰贝利阗阗地刚要入睡，眼前忽然从黑暗中冒出一个身影，吓得连喊叫都喊不出声来。

"谁？"她战战兢兢地低声问道。

阿尔乔农瓮声瓮气地回答："别喊，泰贝利。你一喊，我就要你的命。我是魔鬼赫米札，专管黑夜、雨水、冰雹、雷霆和野兽。你今晚故事里讲到的年轻女人，跟她结成夫妻的恶魔就是我。你的故事讲得有声有色，我在深渊里听见了你的话，很想念你的身子。你别想反抗，凡是不服从我的，我就要把他们拖到黑山那一边人迹不到、兽类不敢践踏的荒野里。那里的土地是铁打的，天空是铜铸的。我把他们扔到荆棘丛里，扔到火里，扔到毒蛇蝎子堆里，直到他们身上的骨头一根根全部化成了灰，叫他们在阴曹地府永世不能翻身。只要你顺从了我，我连你头上一根头发也不会碰，还要让你事事都称心如意……"

泰贝利像昏迷一样一动不动地躺着，听着这番话。她的心怦怦直跳，又像要停摆了似的。她觉得自己的末日来临了。过了一会儿，她鼓起勇气低声说：

"你为什么找我？我已经结过婚了！"

"你丈夫已经死了。我去送葬的。"教师的仆人响亮地说，"当然，我不能到拉比那里去做证，使你有再嫁的自由。拉比们都不相信我们魔鬼的话。再说我也不敢跨过拉比的房门槛——我害怕神圣的经书。不过我说的是实话。你丈夫是得传染病死的，蛆虫已经啃掉了他的鼻子。即使他还活着，法律也不禁止你跟我睡觉，因为舒尔汉·阿鲁希的法律不适用于我们魔鬼。"

赫米札滔滔不绝地讲下去，一会儿甜言蜜语，一会儿恐吓威胁。他召唤天使和魔鬼来替他做证，又召唤着了魔的野兽和吸血鬼来做证。他发誓说魔王阿斯莫德斯是他过继的叔叔，又说魔后莉莉斯给他表演独脚舞，想方设法讨他的喜欢。还有那个专偷产妇的婴儿的女妖魔希布塔，她也为他在地狱的炉子里烤葵花子饼，还蘸上巫师和黑狗的脂油。他讲个没完，妙语如珠，出口成章，最后连万般无奈的泰贝利也不得不微微地笑了。赫米札发誓说他早就爱上了泰贝利。他把泰贝利今年穿过什么衣裙和披肩，去年又穿过什么衣裙和披肩，一件件都数了出来；他把她在和面的时候、在做安息日饭菜的时候、洗澡的时候、上厕所的时候心里那些最隐秘的念头都讲了出来。他还提醒她，有天早晨她醒来发现胸前青紫了一块，她以为那是专吃死尸的恶鬼掐出来的。其实，他说，那是赫米札的嘴唇吻出来的痕迹。

待了一会儿，魔鬼就上了泰贝利的床，恣意玩弄了她。他对她说，以后每星期他来找她两次，一次是星期三晚上，一次是星期天晚上。那两个晚上，妖魔鬼怪都出来在大地上游荡。他还警告她对谁都不许泄露这件事，连提都不许提，不然就要受到严厉的惩罚：他要把她的头发一根根拔光，要把她的眼睛扎瞎，要把她的肚脐咬掉。他要把她扔到荒野里，吃粪便，喝鲜血，叫她整天整夜听札尔马维斯的号哭声。他命令泰贝利用母亲的尸骨起誓，至死保守秘密。泰贝利瞧见自己躲不过去，便把手放在他的大腿上发了誓。恶魔让她干什么，她就干什么。

赫米札走上前纵情吻了她许久。既然他不是人，是魔鬼，泰贝利也回过来吻他，她的泪珠打湿了他的胡须。他虽说是恶魔，待她倒是蛮温柔体贴的……

赫米札走了，泰贝利把头埋进枕头，啜泣起来，一直哭到太阳升起。

以后，赫米札每逢星期三和星期天晚上都来。泰贝利怕自己怀上孩子，会生下一个头上长犄角、后面长尾巴的怪物——不是小鬼就是畸形儿。可是赫米札向她保证，不会让她出丑。泰贝利问他，每次月经以后是不是该沐浴礼拜，洗净身上的污秽？赫米札却说，对于那些和妖魔鬼怪结为配偶的人，有关月经的条文是不适用的。

俗话说得好，习惯成自然，见怪不觉怪。泰贝利正是这样的。起初她怕夜里的来客给她带来晦气，害她生疮，害她头发纠结成团，使她说话像狗吠，或者使她喝人尿，遭人耻笑。但是赫米札从来不鞭打她，掐她，也不朝她吐唾沫。相反地，他总是爱抚她，在她耳边说些亲热的话，为她编些俏皮话和顺口溜。有的时候他开起玩笑来就满嘴胡言乱语，使她禁不住哈哈大笑。他轻轻地扯她的耳朵垂，亲热地啃她的肩头，到了早晨，她发现皮肤上还留着他的齿痕。他劝她戴起帽子来把头发蓄长，他替她编发辫。他教给她念各种符咒。他还把他黑夜里的同伴、其他那些魔鬼的事情讲给她听。他说，他和他们飞过长满毒菌的原野和废墟，飞过索多姆[1]的盐碱沼泽，还飞过冰海上那冰封雪冻的茫茫荒原。他并不否认他还有其他的老婆。可是她们都是些女魔鬼，只有泰贝利是他唯一的人间妻子。泰贝利问他那些妻子都叫什么名字，他就一个个告诉了她：她们叫纳玛、梅奇拉思、阿弗、丘尔达、兹卢查、纳夫卡，还有切依玛，一共是七个。

他告诉她，纳玛黑得像沥青，一肚子火气。她和他吵架，嘴里就吐出毒汁，鼻孔喷出火焰和烟来。

梅奇拉思的脸长得像条蚂蟥，她的舌头不管碰到谁，就在他身上留下永远不会消失的烙印。

阿弗爱戴银首饰、绿宝石和金刚钻。她的发辫是金丝编成的。她的脚踝上系着小铃铛和脚镯，当她翩翩起舞的时候，所有的沙漠都响起了它们的叮当声。

丘尔达长得像只猫，她不会说话，只会像猫一样喵呜喵呜地叫。她的眼睛碧绿，像两只醋栗。她在同床的时候嘴里总不停地咀嚼着熊肝。

兹卢查是新娘子们的对头。她能使得新郎们阳痿。在七婚祝福节那天新娘如果晚上独自走出家门，兹卢查就会上她跟前跳起舞来，使新娘变成哑巴，或者突然得急病。

纳夫卡是个荡妇，经常背着他和其他的魔鬼私通。他只是欣赏她恶毒而傲慢的谈吐，才保持了对她的宠爱。

从名字上看，切依玛应该是个泼妇，纳玛倒该是个温柔的女人。事实恰好相反：切依玛是个毫无恶意的女恶魔，她一天到晚都在做好事。主妇们病了，她就帮她们揉面团，还把面包送到穷人的家里。

赫米札挨个儿介绍了他的老婆们，还告诉泰贝利他怎样和她们闹着玩，比如说在屋顶上捉迷藏以及诸如此类的玩意，等等。平时，一个男人要是跟别的女人来往，他的女人是会吃醋的。但是普通人怎么好去妒忌女魔鬼呢？简直不

　　1　古代巴勒斯坦的一个城市，据《圣经》记载，由于全城人们犯下极大的罪恶，这个城市遭天谴而毁灭。

可能。泰贝利觉得赫米札的故事非常有趣，总是向他问这问那。有时他向她透露的秘密是任何凡人都不该知道的，那都是关于上帝、天使和天使长，还有天国以及七重天堂的秘密。他还告诉她男女罪人怎么样在沥青桶和燃烧着炽热的木炭火的大锅里受煎熬，怎样躺在铺满铁钉的床上和填满冰雪的深坑里受罪，黑天使又是怎样用火焰缭绕的魔杖敲打罪人的身体。

赫米札说，地狱里最重的刑罚要算呵痒了。地狱里有个名叫勒基希的小鬼。勒基希搔挠奸妇的脚心或者胳肢窝，那时，她痛苦难禁的笑声一直传到了马达加斯加岛。

就这样，赫米札整宿整宿地给泰贝利解闷散心。没过多久，凡是他不在跟前的时候，泰贝利就想念起他来。夏天的夜晚显得过于短促，因为赫米札一听到鸡叫就要离去。就连冬天的晚上也不嫌长。事实是她爱上了赫米札。她也知道，一个女人不应该迷恋魔鬼，可是她还是日夜想念他。

阿尔乔农虽说已经当了多年鳏夫，媒人们还是不断上门给他说亲。他们提的都是穷人家的姑娘，以及寡妇和离过婚的女人，因为当一名教师的仆人挣的钱是养不起家的，何况阿尔乔农又是个出了名的游手好闲的二流子。阿尔乔农用这样或是那样的借口回绝了所有的亲事：这个女人太丑，那个爱吵架，还有那个又太邋遢。媒人们都奇怪：一星期只挣九个格罗兹[1]的教师仆人怎么敢如此挑剔？一个单身汉又能独身多久？不过，他既然不肯，别人也没法强拉他进洞房。

阿尔乔农在镇上晃悠着，又高又瘦，衣衫褴褛，一把红胡须乱蓬蓬的，穿着一件揉皱了的衬衣，凸出的喉结上下跳动着。他等待着婚礼的丑角里贝·泽克尔死掉，好接替他的差使。但是里贝·泽克尔还不想死呢。他在婚礼上仍然滔滔不绝，出口成章，就像他年轻时一样活跃。阿尔乔农还曾经想当教师，招几个

1　波兰钱币名，一百格罗兹为一兹罗提。

一年级小学生。但是家长们都不放心把孩子托付给他。他只好早上送孩子上学，傍晚送他们回家。他白天就坐在教师里贝·伊特切利的院子里无聊地削几根木头的教鞭，为一年一度的五旬节[1]剪几朵纸花，或者用泥巴捏些小人儿。泰贝利的店铺附近有一口井。阿尔乔农每天要到井边上去好多回，有时提回一桶水，有时喝口水，弄得红胡子上溅满了水滴。每回他都要飞快地瞧一眼泰贝利。泰贝利很可怜他：这个人为什么老是独来独往呢？而阿尔乔农每回都对自己说："唉，泰贝利呀，你不知道实情啊！……"

阿尔乔农住在一个耳朵聋、眼睛也快瞎了的老寡妇家里的阁楼上。老太婆常怪他不像别人那样经常到犹太教堂做祈祷。原来阿尔乔农把孩子们送回家以后，匆匆忙忙做完晚祷，就上床睡觉去了。老太婆有时候觉得她听见教师的仆人半夜起床出门去。她问他晚上到哪儿游荡去了，阿尔乔农却说她在做梦。镇上的女人们傍晚时分坐在板凳上一面织袜子，一面聊天。她们传出谣言说阿尔乔农每天后半夜变成一只狼。有些女人说他交上了一个女妖怪。否则，一个男人为什么这么久不找老婆？从此以后，有钱的人不把孩子交给他接送了。他现在只能接送穷人家的孩子。他常常吃不上热饭菜，只有点又干又硬的面包渣充饥。

阿尔乔农愈来愈瘦，可是脚步还像以前一样地轻快。他迈着两条细长的腿穿过大街，好像踩高跷似的。看起来他经常口渴得要命，因为他不停地跑到井边去。有时他只不过去帮过路小贩或者农民饮饮马。一天，泰贝利远远地发现他身上的土耳其外衣已经破烂不堪，就把他叫到店铺里。他惊慌地看了她一眼，脸色发白了。

"瞧，你的土耳其外衣破啦。"泰贝利说，"只要你愿意，我可以赊给你几码布，以后你再一点点还给我钱，一星期还一格里夫尼克。"

---

[1]　犹太节日，在犹太历法九月六日至七日。

"不要。"

"为什么不要?"泰贝利惊奇地问道,"你就是还不起,我也不会把你拉到拉比那里去。你能还就还。"

"不要。"

他飞也似的走出了店铺,唯恐她听出他的声音来。

夏天的时候,半夜里去找泰贝利没有什么困难。阿尔乔农用土耳其外衣紧紧裹住赤裸的身体,穿过偏僻的小胡同去她家。到了冬天,在泰贝利家冰冷的走廊里穿衣服和脱衣服是越来越困难了。最糟的还是刚下过雪的晚上,阿尔乔农担心泰贝利或者哪个邻居会发现他的足迹。他感冒了,开始咳嗽。有天晚上,他上下两排牙齿捉对儿打着寒战,爬到泰贝利床上,过了很久都没有暖和过来。他怕她发现他的骗局,就编出种种理由来进行解释。可是泰贝利并不追问,也不想盘根究底。她早就发现魔鬼的习惯和弱点完全跟人一样。赫米札也出汗、打喷嚏、打嗝儿、打哈欠。他的嘴里有时候一股洋葱味,有时候一股大蒜味。他身上和她丈夫一样,也是瘦骨伶仃,长满了毛发,他喉头有结,他也长着肚脐眼。有时候赫米札心情欢畅,有时候又忍不住长吁短叹。他并没有长着鹅的脚掌,他的脚跟人脚一模一样,也有脚指甲,还长了冻疮。有一回泰贝利问他,这是什么道理,赫米札解释道:

"魔鬼要是跟女人相好,就得变成凡人模样,不然会把她吓死。"

真的,泰贝利习惯了,也爱上了他。她不再怕他,也不怕他的恶作剧了。他的故事从来讲不完。可是泰贝利常常发现里面的破绽。他像所有爱撒谎的人一样健忘。起初他对她说魔鬼永远不会死,但是有天晚上他却问道:

"如果我死了,你怎么办呢?"

"魔鬼是不会死的!"

"他们会沉没到深渊的最底层去的……"

那年冬天镇上发生了传染病。从河流上、树林里和沼地里刮来一股恶浊的风，寒热不但缠上了儿童，连成年人也不放过。暴雨夹着冰雹，直泻而下。河水泛滥，冲决了堤坝。风暴刮走了磨坊的一扇风车。星期三晚上，赫米札钻到泰贝利床上，她注意到他浑身滚烫，两只脚却冰凉冰凉。他颤抖着，轻声地呻吟着。他还想让她开心，就讲起女魔鬼的故事来，讲她们怎样勾引年轻人，怎样和别的魔鬼蹦跳飞跃，在礼拜浴池里闹腾，把乱发团系在老头的胡子上。但是他已经体弱力竭，无法向她求欢。她从来没有见他如此衰弱过，因此心里感到不安。

她问道："我给你喝点加覆盆子的牛奶，好吗？"

赫米札回答说："我们魔鬼用不着这种药方。"

"你们生了病怎么办呢？"

"我们就搔呀，抓呀……"

后来他就不再说什么了。他吻泰贝利，嘴里发出一股酸味。过去他总是在她身边待到鸡叫的时刻，这次他很早就走了。泰贝利默默地躺着，谛听着他在走廊里的响动声。他曾经对她发誓，即使窗户拴上了，关得紧紧的，他也能从窗里飞出去，但是她听见了门的吱呀声。泰贝利知道为魔鬼祈祷是有罪的，人们应该诅咒他们，把他们从记忆中摒弃出去。然而她却为了赫米札向上帝祈祷。

她痛苦地喊道："已经有那么多魔鬼了，请您允许再多一个吧……"

接下去那个星期日泰贝利白白地等待赫米札，直到天明。他始终没有来。她从内心召唤他，她喃喃地低声念诵着他教给她的咒语，走廊里仍是一片沉寂。泰贝利发呆地躺在床上。赫米札有次吹嘘自己曾经为塔巴尔凯恩和伊诺克表演舞蹈，还说他曾经坐在挪亚方舟上，用舌头舔掉洛特的妻子鼻子上的盐，扯过阿哈苏鲁斯的胡须。他曾预言她在一百年以后将要投生为一位公主，而他赫米札则会在他的奴仆奇蒂姆和塔奇蒂姆的帮助下俘虏她，把她带到埃索的妻子巴谢马斯的宫殿。可是现在他大概生了病躺在什么地方，一个软弱无力的魔鬼，一个寂寞的孤儿，无爹又无娘，也没有忠实的妻子来照顾他。泰贝利记起来他最末一次和她在一起时，他的呼吸急促得像锯子锯木头一样，他擤鼻涕的时候，耳朵里发出尖锐的呼啸声。从星期日到星期三，泰贝利都像在做梦一般。星期三那晚上她焦急万分地等待钟敲十二点。可是一夜过去了，赫米札没有出现。泰贝利伤心地面朝墙壁躺着。

　　白天来了，阴暗得像黄昏时刻。细小的雪粒从幽暗的天空飘下，连烟囱里的轻烟也无法升上天空，而像一床床破烂的白被单笼罩在房顶上。乌鸦哑声啼叫，狗在猖猖地吠着。泰贝利度过了痛苦难熬的一夜，已经没有力气到店铺里去。然而她还是穿好衣服走出门去。她看见四个办丧事的抬着一副担架走过。洒满雪花的被单下露出死人一双发青的脚。走在死人后面的只有教堂的差役。泰贝利问他死人是谁，差役回答：

　　"是阿尔乔农，教师的仆人。"

　　泰贝利起了一个奇怪的念头——去给阿尔乔农送葬，把这个寂寞地活着又寂寞地死去的无用的人送到他安息的地方。今天还会有谁到店里来买东西呢？她还在乎什么买卖不买卖？泰贝利已经失掉了一切。至少，送送葬，也算是做件好事。她跟在死人后面，走上了去墓地的漫长道路。她在那里等着掘墓人扫开积雪，在冻得硬邦邦的土地上掘出一个墓穴来。他们把教师的仆人阿尔乔农裹在一条祈祷巾和一件道袍里，在他的双眼上盖上几块碎瓷片，在他的手里塞进一根番石榴树枝。这样，救世主降临的时候，他就可以用这根树枝挖出一条通向圣地的道路。后来，他们填满了墓穴，掘墓人念了一段悼文。泰贝利忍不住迸发出一声呜咽。这个阿尔乔农曾经孤独地度过一生，和她一样。他也像她一样没有留下后代。是的，教师的仆人阿尔乔农跳完了他在人间的最后一次舞。泰贝利听赫米札讲过，人死后并不直接进入天堂。每一桩罪过都产生一个魔鬼，这些魔鬼就是人死后的子女。他们都来分自己应得的一份。他们把死人叫作父亲，把他滚进森林和荒原，直到他得了足够的惩罚，可以送到地狱里进行净化为止……

　　从此以后泰贝利孤零零地生活着，她又一次遭到遗弃——第一次遗弃她的是一个禁欲主义者，第二次遗弃她的是一个魔鬼。她很快地衰老下去。往日的生活只给她留下了一个秘密，一个无法说出口也没有人会相信的秘密。这个秘密要一直带进坟墓。杨柳轻拂，喃喃地低语着，乌鸦哇哇地叫噪着，墓碑用石头的语言默默地谈论着，它们都在诉说这个秘密。总有一天，死人都将会苏醒过来。但是他们的秘密却要留在全能的主和他的审判那里，直到全人类的末日。

鉴评：独有的一支古老的歌曲

　　这个短篇的故事内容读来颇为荒诞不经，有点滑稽的味道，实际上却相当悲惨。

　　辛格是犹太血统的美籍作家，但使他成为一个作家的灵感和素材，基本上都来自他早年在波兰犹太人居住的小镇上的生活。从他的小说里可以看出，那里和当时整个的波兰一样，也处于沙皇俄国的统治之下，其色调是阴暗的，其气氛是压抑的。只有首先不忽略这个短篇的时代社会背景，才能确定这个故事的悲剧性质。

　　在旧时代旧社会，由于社会阶级的原因，人们对爱情自由的追求遇到阻碍的悲剧、相爱的情人们的幸福遭到破坏的悲剧或者普通人只求正常的爱情和婚姻生活而不可得的悲剧何止千万，各个国度、各个时代都有，但同为爱情悲剧，在形式上和思想内容上又各具特点，有所不同。

　　泰贝利的丈夫遭到了丧儿失女的不幸后，就到信仰那里乞求出路，祈祷和求符念咒都不能弥补他的儿女，他就变成了一个与世隔绝的禁欲主义者，不仅不吃肉，而且晚上也不宿在家里，睡到教堂的长板凳上，最后，干脆带了祈祷巾和经文匣离家云游，从此杳无音信。而泰贝利则成为一个没法再结婚的弃妇和寡妇。泰贝利本应再婚，阿尔乔农丧了妻子，当然也可以再娶。然而，当地的习俗以及社会地位和经济状况的差异，使他们两人之间存在着鸿沟，于是，这才有了泰贝利和"魔鬼"恋爱的故事。阿尔乔农是一个聪明有趣、善良温驯的小人物，在那个社会现实的条件下，是不可能得到泰贝利的，但他假装成魔鬼倒占有了她。

在辛格的这个短篇里，魔鬼上了床确是一个主要的情节，但辛格并不想把短篇写成一个滑稽的艳情故事，他力图写出泰贝利与"魔鬼"结合的悲剧，并且在这个基础上进行了更深入的辩证的挖掘。从泰贝利那一方面来说，她以为自己失身于魔鬼，但这"魔鬼"身上偏偏是那么充满了人性，亲密的关系使她爱上这个她并不认识其真相的对象，她爱的其实是人，而以为自己爱的是魔鬼；她在人世间没有得到爱，而自以为在魔界得到了爱，以至她因为怕失去这种魔界的爱而向上帝祈祷，请求他宽容她现在所爱的这个"魔鬼"。这种她所经历的现实与她所以为的现实之间的矛盾，这种特殊的心理状态，被作者挖掘得多么深刻！由此，整篇小说才充满了辩证的层次：阿尔乔农只能以魔鬼的名义去亲近泰贝利，他竭力使对方相信自己就是魔鬼，这本身就是一个深刻的矛盾；然而，泰贝利从自己的感受中所爱的却是这个"魔鬼"的人性，这种爱本身对他们的结合来说，又是一种否定之否定，这是又深一层的矛盾。奇特的是，阿尔乔农作为人，却并不期望泰贝利把自己视为人，甚至唯恐泰贝利发现他就是一个人而不是一个魔鬼，他竭力在她的面前掩饰自己作为人的真相，而制造作为魔鬼的假象，他没有信心作为一个人能把和对方的那种亲密关系维持下去。而事实上，他一时作为社会的人去和泰贝利亲近，其结果必然是为社会所不容，必然是悲剧性的。当然，他即使作为魔鬼也不可能长期保持他所得到的幸福，终于还是把这人世间的一个秘密带进坟墓，教师的仆人阿尔乔农死了，泰贝利直到最后并不知道他就是自己所爱的那个魔鬼！

头七年

[美国] 伯纳德·马拉默德
董衡巽 译

作者简介

伯纳德·马拉默德（1914—1986），美国当代著名作家，生于一个犹太商俄国移民的家庭。青年时期，先后就读于纽约市立大学和哥伦比亚大学，毕业后，在大学任教，同时从事小说创作。主要作品有长篇小说《伙计》《新生活》《修配工》《房客》等。马拉默德常以美国社会中外国移民，特别是犹太移民的生活为题材，他的作品往往以风趣幽默的笔调表现出对小人物的同情与温爱。

鞋匠费尔德心里恼火，因为他正想得出神，可是他的助手索贝尔感觉如此迟钝，竟坐在另一条板凳上发疯似的敲个没完，一刻也不停。他看了索贝尔一眼，只见他低着光秃秃的脑袋正在敲楦头，没有注意到他。费尔德耸耸肩，继续透过有些冰冻的窗户，看着那近处迷迷蒙蒙飘下的二月雪。他不论望着窗外飘忽的白雪，还是突然之间回想起他消磨过青春的白雪覆盖的波兰村子，思路总是回到麦克斯那个大学生的身上来。那天清早，鞋匠见到麦克斯在雪堆间跋涉而行赶去上学，就一直在想他。费尔德很尊重他，因为这些年来，不论冬天还是大热天，这小伙子为了深造，宁愿吃苦头。鞋匠早就希望自己有一个儿子，不要女儿，这会儿又想起这件事。不过，说到底，费尔德毕竟是一个讲实际的人，这个念头随着雪飘走了。然而他情不自禁地对比起来，这小伙子的爸爸虽是个小贩，孩子却勤学苦练，而密丽亚姆不在乎上不上学。是的，她手上老拿着一本书，可是来了一个上大学的机会，她却说不上，宁愿找个工作做。他要她上学，同她说，许多人一心想上大学，就是做父亲的供不起子女上大学。可是她说她要独立。她问道：受教育不就是读书吗？下功夫读大部头的书，索贝尔会照样教她的。她这个回答真叫这个做爸爸的伤心。

雪中走近一个人来，店门打开了。那个人走到柜台前面，从湿纸包里拿出一双破鞋来修理。鞋匠一时没有注意这个人是谁，后来他虽然还没完全看清这张脸，却意识到来者不是别人，正是麦克斯。这时他的心跳得厉害。麦克斯正在不好意思地说明他这双旧鞋哪里要补。费尔德热切地听着，却一个字也没听进去，因为这机会突如其来，简直把他耳朵都给震聋了。

他记不确切什么时候起过一个念头，可现在很清楚，他不止一次考虑过向那小伙子提议，请他带密丽亚姆出去玩玩。但是他不敢说，因为，万一麦克斯说不去，他怎么有脸皮再见他呢？还有密丽亚姆，她老说独立独立，万一发火，嚷嚷起来，说他干涉她私事又怎么办呢？不过这机会太好了，不能错过：他的全部用意就是介绍他们认识。如果他们有机会在别处相识，说不定早就做朋友了。只是介绍他们认识一下，推一把，没有什么坏处，好比他们在地下车站认识，或者，走在街上由他们共同的朋友介绍他们认识，这难道不是他的责任和义务吗？就让他见一次面，同她谈谈，小伙子准保有兴趣。至于密丽亚姆，她是一个在办公室干活的姑娘，只见得着大声说话的推销员，缺乏教育的管航运的职员，让她结识一位有学问的好小伙子会有什么害处呢？说不定，他会唤起她上大学的愿望；再不——鞋匠的脑子终于抓到了要害——让她嫁给一位有教养的男人，去过过好日子。

麦克斯讲完他这双鞋要补什么地方，费尔德打上记号。这双鞋的鞋底两个大洞，他只装没瞧见，用白粉笔打上两个大大的"×"；橡皮底磨得钉子都露出来了，他打上"O"的记号，不过他心里嘀咕，他是不是打错了记号。麦克斯问多少钱，鞋匠清一清嗓子，压过索贝尔不断敲打的声音，请他从边门出去，到走廊说话。麦克斯吃了一惊，不过还是听从鞋匠的话，跨出门去，费尔德跟在后头。他们两人都沉默了一会儿，因为索贝尔不敲了，而两人似乎都明白，要等敲的时候再开口。大声敲打的声音恢复之后，鞋匠赶紧告诉麦克斯他为什么要找他说话。

"自从你上了中学，"费尔德在灯光暗淡的过道上说，"我看见你早晨坐地铁去上学，我对自己说，他这么喜欢读书，是个好孩子。"

"谢谢你。"麦克斯说，紧张地警觉起来。他是个高个子，瘦得出奇，脸上轮廓十分鲜明，尤其是那只钩形的鼻子。他身上穿着一件被雪水融湿了的外套，又长又大，一直拖到膝盖，活像一条毯子裹在他瘦骨嶙峋的肩上，头上戴着一顶浸了水的棕色帽子，破旧的程度同他拿来的鞋子不相上下。

"我是做生意的，"鞋匠突然说道，想掩饰一下他的窘劲儿，"所以直截了当告诉你，我为什么找你谈。我有一个女儿，名叫密丽亚姆——她十九岁——一个很好的姑娘，长得也很漂亮，她在街上走过，人人都要瞧瞧她。她聪明，手里总是拿着一本书，我想像你这样的小伙子——受过教育——我想你说不定有意思见见她这样的姑娘。"他说完了笑了一笑，还想加几句，不过很知趣，没有说出口来。

麦克斯像一只老鹰往下瞅着。他好不自在地沉默了一会儿，接着问道："你说十九岁？"

"是的。"

"我能不能问一问，你有她的照片吗?"

"等一会儿。"鞋匠走进店里，急匆匆地拿了一张照片回来，麦克斯拿过来，举到亮处。

"她行。"他说。

费尔德等着。

"她懂事吗——不是那种疯疯癫癫的姑娘?"

"她非常懂事。"

又过了一小会儿，麦克斯说他可以见见她。

"这是我的电话号码，"鞋匠说，匆匆地交给他一张纸条，"打电话给她吧。她六点钟下班回家。"

麦克斯折起纸条，塞进他的旧皮夹子里。

"这双鞋，"他说，"你说要多少钱?"

"别管多少钱了。"

"我只想知道一个大概数目。"

"一元——一元半。一元半。"鞋匠说。

他立刻感到说得不对，因为这样的活儿，他一般要收两元两毛五。要么按规定的价钱收费，要么不收钱。

他后来进店的时候，听到激烈的敲打声，吓了一跳，他抬头一看，只见索贝尔拼了命敲打空棺头。棺头敲碎了，铁槌掉到地上，砰的一声进到墙上，可是，生气的鞋匠还没来得及喊出声来，那个助手就从钩子上摘下帽子和外套，冲到雪地里去了。

费尔德原先巴望他女儿和麦克斯的事情进展快些，现在反倒大大发起愁来。他失去这个性情乖戾的助手，不知所措，尤其是多年以来他不是一个人管铺子的。鞋匠长期以来心脏不好，一累就要垮台。五年前他发过一次病，看当时的情形他得放弃营业，拍卖铺子，今后靠一点微薄的收入过日子，或者依赖某个没有良心的雇工，到头来可能弄得倾家荡产。但就在他最绝望的时候，有一天晚上来了个索贝尔，一个从波兰流亡出来的人，来找活儿干。他又矮又壮，穿着破烂，当年金色的头发现在秃光了，面容极为平常，一双柔和的蓝眼睛读起悲伤的书来像要掉眼泪的样子，这是一个年轻人，可是长得老相——没有人会猜他三十岁。他承认自己不会做鞋，不过他说只要费尔德教他手艺，他很快就能学会，而且只要一点点工资就够了。费尔德考虑他毕竟是同胞，比不得完全陌生的人，可以少担点心事，就雇用了他。六个星期之内，这个逃亡者做鞋做得跟他一样好，又过了不久，能出色地管理店务，减轻鞋匠的负担。

费尔德什么事都可以放心地交给他，他常常到店里待一两个小时就回家，钱都留在抽屉里，知道索贝尔一分钱也不会碰。叫人吃惊的是他的要求如此之低。他没有什么需要，对于钱，他不感兴趣——他好像只喜欢书，而且一本一本借给密丽亚姆看，还有他大量的、写得稀奇古怪的评注，这都是他晚上一个人在住宿公寓里炮制的。这一本本评注，他女儿打十四岁起开始看，这一页一页神圣化了的评注好像上帝的话都刻在上头似的，他女儿读的时候，鞋匠伸过头去仔细看过，只好耸耸肩。费尔德不让索贝尔吃亏，索贝尔要多少工资，他总是注意多给他一些。然而，他没有坚持让助手比现在多拿点工资，心上总是过意不去。他同索贝尔说过实话，如果他上别处干，可以拿到可观的工资，也可以自己开店。可是那助手有点不知好歹，回答说他对别处不感兴趣。费尔德常常自己嘀咕，是什么吸引了他？他为什么留着不走？他最后的回答是：准是因为他逃亡者的可怕经历，怕同外界接触。

出了敲碎楦头这件事以后，鞋匠生索贝尔的气，决心让他在宿舍里憋一个星期，哪怕自己冒风险惨淡经营，生意不景气。后来他老婆和女儿唠唠叨叨，几次提出尖锐的警告，他才去找索贝尔，就像上次似的。上次的事发生在不久以前：费尔德只是叫他别拿这么多书给密丽亚姆读，因为她眼睛熬红了。那助手以为受了奚落，一怒之下离开了鞋铺。这种事通常没有什么了不起，鞋匠同他解释一下，他就回来了，坐在凳子上。可是这一回，费尔德辛辛苦苦在雪中走到他公寓里——他本来想叫密丽亚姆走一趟，但转念一想这多恶心——门口那个粗壮的房东太太用带鼻音的声音告诉他索贝尔不在家。费尔德知道这是瞎说，这难民有哪儿好去？不过，由于某种原因，他也说不准——也许是天冷和疲乏——他想，不一定非见他不可。他就回家了，雇了一名新伙计。

他虽然解决了这个问题，但不是很称心。因为他比从前忙多了，比方说，早晨不能再睡懒觉，他得起床给新来的助手开店门。这个助手不爱说话，长得黑黑的，干起活儿来毛手毛脚，叫人讨厌，费尔德不敢把钥匙交给他，跟对待索贝尔不一样。还有，这位助手虽然鞋补得不错，却不知道皮革的等级和价钱，还得费尔德自己来谈生意；每天晚上关门的时候还得清点抽屉里的钱，把抽屉锁起来。不过，他感到心绪不宁，还因为他老在想麦克斯和密丽亚姆的事。大学生来过电话，约定这个星期五晚上见面。鞋匠本人喜欢星期六，感到星期六是一个最重要的日子，不过他知道密丽亚姆自己选中星期五，他就没吭声。星期几没啥关系，要紧的是结果如何：他们是不是互相喜欢，愿意不愿意做朋友？还要等这么长时间才知道结果，他叹了一口气。他几次想开口问问密丽亚姆，问她喜不喜欢他这种类型的人——他对她说，他觉得麦克斯是一个好小伙子，建议他打电话给她——但是，他只试过一回，就给顶了回来：她怎么知道？顶得有理。

星期五终于来了。费尔德身体不大好，躺在床上，费尔德太太想麦克斯要来，她还是待在卧室里好。密丽亚姆接待了小伙子，他们说话的声音，她父母亲听得见，小伙子的嗓子是沙哑的。他们出去之前，密丽亚姆带麦克斯到卧室门口，他站了一会儿，高高的个儿，背有点弓，穿了一身厚厚的、不大神气的西服，跟鞋匠和他老婆打招呼的时候，显然很自在，这毫无疑问是一个好现象。密丽亚姆虽然干了一天活儿，精神却是很饱满，很漂亮。这姑娘身架子大，身材好看，脸上神情优美而坦率，头发柔软。费尔德心想：正是再好不过的一对儿。

密丽亚姆十一点半以后才回到家。她母亲已经睡了，但鞋匠起了床，摸着浴衣，走到厨房去，没想到密丽亚姆坐在桌子边上读书。

"你们上哪儿去了？"费尔德愉快地问道。

"散步。"她说，连头都不抬。

"我同他说，"费尔德清了清嗓子说，"他不该花这么多钱。"

"我不在乎。"

鞋匠烧开了水沏茶，坐在桌边，面前放着一满杯茶，一大块柠檬。

他啜了一口茶，叹了一口气说道："你觉得怎么样？"

"还行。"

他不说话。她一定意识到他的失望，加了一句："头一次见面，说不出多少来。"

"下次还同他见面吗？"

她边翻书页，边说麦克斯要求再约一个日子。

"什么时候？"

"星期六。"

"你说什么了？"

"我说什么了？"她自问道，迟疑了一会儿说，"我说可以。"

后来她问起索贝尔，费尔德不知怎么想的，回答说他另外找到了工作。密丽亚姆不再说什么，开始读书。鞋匠心里不再烦恼；约在星期六这个日子，他挺满意。

这个星期里，鞋匠东问一句西问一句，想巧妙地从密丽亚姆嘴里套出麦克斯的情况。他没想到麦克斯学的东西，将来既不是当医生也不是当律师，而是学习商业课程，想在会计专业方面取得一个学位。费尔德有点失望，因为他理解会计就是记账员，他盼望"更高的职务"。然而，不久他调查到这方面的情况，发现有证书的公务会计是很有体面的，所以，星期六快到的时候，他心里很满意。可是星期六是一个很忙的日子，他老在店里，麦克斯来找密丽亚姆的时候没能见到他。从他老婆嘴里听说，他们这次见面没有什么特别的地方。麦克斯按了铃，密丽亚姆拿起衣服，同他出去了——就是这些。费尔德没有追问，因为他老婆不是那种眼顾四方的人。他就坐等密丽亚姆回来，膝盖上放着一张报纸，他顾不上看，想将来的事想得出神。他醒来发现她在房里，正在疲劳地摘掉帽子。他同她打了招呼，又不知怎的，突然感到怕问今晚见面的事。可是既然她不先开口，他终于忍不住，问她玩得好不好。密丽亚姆开始说的几句话看不出什么苗头，但显然变了主意，因为她过了一会儿说："我讨厌。"

费尔德又痛苦又失望，等他完全恢复正常之后，问她为什么讨厌，她毫不迟疑地说："正因为他只是一个唯物主义者。"

"这个词儿什么意思?"

"他没有灵魂。他只对事物有兴趣。"

她这句话他考虑了很长的时间，接着问道：

"你愿意再见他吗?"

"他没有提出来。"

"他要是提出来呢?"

"我不想见他。"

他不再争辩；然而，过了一阵，他越来越希望她改变主意。他希望那小伙子来电话，因为他心里有数，密丽亚姆年轻无知，看不到麦克斯的长处。但是他没有来电话。实际上，他换了一条路上学校，不再经过鞋匠铺子门口，费尔德心里很难受。

一天下午，麦克斯来拿鞋。鞋匠从架子上把他的鞋取了下来，他的鞋同别人的鞋是分开放的。这活儿是他亲自做的，鞋底和鞋跟修补得又漂亮又坚实，鞋面擦得铮亮，看起来比新的还强。麦克斯见了，喉结动了一动，眼睛里没有多少神。

"多少钱?"他问道,没有正眼看鞋匠。

"上回说了,"费尔德难过地回答说,"一元五。"

麦克斯交给他两张揉皱了的钞票,找回半元新铸的银币。

他走了。没有提起密丽亚姆。那天晚上鞋匠发现他新来的助手一直在偷他的钱,他心脏病又发了。

费尔德这次发病虽然很轻,却也在床上躺了三个星期。密丽亚姆提出她要去找索贝尔,费尔德不顾病痛爬起身来,大发脾气,表示反对。然而他心里明白,除此之外别无他法。病愈后头一天到店里去,累得筋疲力尽,他想通了,所以,当天晚上吃完晚饭,他硬撑着自己,走到索贝尔的宿舍去。

他虽知对他不利,还是吃力地爬上楼,爬到最高一层敲门。索贝尔打开了门,鞋匠走进屋里。房间又小又寒碜,临街有一扇窗户。屋里有一只狭小的床榻,一张低低的桌子,沿墙的地上杂乱无章地放着好几堆书。他心想索贝尔真古怪,没上过多少学,却读这么多书。他有一次问过索贝尔,他干吗读这么多书?那助手竟答不上来。鞋匠问他,你在别处上过大学吗?索贝尔摇摇头。他说他读书为的是求知识。鞋匠又问,求的什么知识?为什么要求知识呢?索贝尔从来没有解释过,这说明他读这么多书就是因为性情古怪。

费尔德坐下来喘一口气。助手坐在床上,宽厚的背朝着墙。他的衬衣裤子干干净净,粗短的手指因为不干鞋匠活儿了,苍白得出奇。他的脸又白又瘦,好像自从那天他冲出店外之后,一直关在屋子里。

"你什么时候回去干活?"费尔德问他。

没想到索贝尔迸出一句:"永远不回去。"

索贝尔跳起身来,大步走到窗口,下面是寒碜的街道。"我为什么应该回去?"他叫道。

"我给你加工资。"

"谁在乎你的工资?"

鞋匠知道他不在乎工资多少,一时不知说什么好。

"你要我什么呢,索贝尔?"

"什么也不要。"

"我待你一直像待我儿子一样。"

索贝尔竭力反驳这一点。"那你为什么找街上陌生小伙子,叫他跟密丽亚姆一起出去? 你为什么不想到我?"

鞋匠手脚冰冷,嗓子嘶哑得说不出话来。临了,他清了清嗓子,用嘶哑的声音问道:"你三十五岁了,在我手下干鞋匠的活儿,我女儿跟你有什么相干?"

"你说我为什么帮你干了这么长时间的活儿?"索贝尔喊道,"就为这么一点点工资,我牺牲了五年,为的是让你有吃有喝有地方睡觉?"

"那你为的是什么?"鞋匠喊道。

"为密丽亚姆,"他脱口而出——"为她。"

鞋匠过了一会儿,对付出这么一句话:"我工资付的是现款,索贝尔。"接着沉默起来。他虽然激动万分,头脑却是冷静清醒,他不得不承认自己一直意识到索贝尔心里在想什么,可从来没有用心想过这件事情,但他有所感觉,又有点害怕。

"密丽亚姆知道吗?"他哑着嗓子问道。

"她知道。"

"你同她说的?"

"没有。"

"那她怎么知道?"

"她怎么知道?"索贝尔说,"因为她知道。她知道我是谁,知道我心里想的是什么。"

费尔德顿时醒悟过来。索贝尔用迂回的法子,借给她书啦,评注啦,等等,使她明白他爱她。鞋匠对于他这种欺骗行为勃然大怒。

"索贝尔,你疯啦!"他怀恨地说,"她才不会嫁给你这样又老又丑的人。"

索贝尔气得发晕。他咒骂鞋匠,虽然哆哆嗦嗦,克制着自己,但还是眼泪汪汪,竟痛哭起来。他背朝费尔德,站在窗口,捏紧拳头,边抽噎边哭,两只肩膀抽搐着。

鞋匠见他这副样子,怒气消了。他开始同情这个人,自己眼睛也润湿起来。这个流亡者,一个成人,历尽苦难,头秃了,人也老了,差一点进了希特勒的炼炉,跑到美国来,竟爱上了一个比他年轻一半的姑娘。五年来,他一天又一天坐在板凳上,切呀,敲呀,等着姑娘长大成人,不能用言辞减轻他心上的负担,不能明言,只能拼命干。

"我不是说你长得丑。"他轻轻地说。

这时他意识到他所谓丑不是指索贝尔,而是说如果密丽亚姆嫁了他,她这一辈子就见不得人。他替他女儿感到一阵不寻常的悲痛,好像她已经嫁给了索贝尔,终于成了鞋匠的老婆,苦日子过得同他自己老婆一模一样。他为她所抱的一切梦想——这就是他为什么劳累终生,因为操心、痛苦而落下了心脏病——过好日子的梦想统统落了空。

房间里静悄悄的。索贝尔站在窗口读书,真稀奇,他读书的时候显得年轻。

"她只有十九岁,"费尔德低声说,"太年轻不能结婚。这两年你不要问她,等她二十一岁的时候,你同她谈吧。"

索贝尔没有答话。费尔德站起身来走了。他慢慢走下楼梯,但是到了外面,虽然夜里很冷,霜冻的雪花染白了街道,他走起路来,步子轻健多了。

第二天早晨,鞋匠心情沉重地到店里开门的时候,发现他不用来,因为他的助手已经坐在榃头跟前,为了爱情敲打着皮革。

鉴评：你想要的只是采下几朵玫瑰

　　作为一篇爱情小说，《头七年》极为独特，似乎根本就不具有一般爱情小说通常所具有的那些"成分"和"要素"。

　　其一，这里既无男女主人公之间温情脉脉的眉来眼去，又无山盟海誓的情话绵绵，当然，更没有人们感兴趣的爱的情节，甚至小说里根本就没有写两个恋人在一起的场面和两个人之间的对话，简直可以说是看不见"爱情"！

　　其二，这里没有"理想的爱情主人公"，男主人公不是英俊的"骑士"，也不是翩翩的少年，他是鞋匠，卑微，寒酸，外貌不漂亮，体格不魁梧，风度更谈不上，甚至有点难看，矮壮、头秃，显得有点未老先衰，哪里是爱情的坯子呢？

　　其三，这里也没有爱情的氛围，没有动人爱情故事所需要的诗意的环境：田野、山林、月光、海滨，或者是雅致的客厅、幽静的处所……而是一个狭小、拥挤、零乱、肮脏的修鞋铺！

的确，当代西方文学艺术，在风格上与西方古典文学艺术有一个很明显的不同，那就是一反古典文学艺术中对美、抒情和雅趣的追求，而经常在作品中展示平凡的、不完整的，甚至难堪、低贱和畸形的形象与图景。再也很难看到维纳斯那样漂亮的人体美了，再也很难看到达·芬奇、拉斐尔、达维特、德拉克洛瓦画幅中那些鲜艳丰腴、魁梧健美的形象；雨果那种高昂充沛的激情的基调已经成为过去，被视为浮夸；屠格涅夫式的抒情和优雅也不为作家所取，似乎觉得那样有点幼稚。如果画人，形体不一定匀称，五官也不一定端正，多少有些缺点；如果描写环境，你也遇不到或很难遇到风光明媚、景色迷人以及作者自己陶醉于其中的笔调；如果写爱情，主人公的身份、地位、形貌、风度、教养并不见得都令人觉得可爱。再也没有少年维特那样火一样的热情，再也没有朱丽那样的感伤，也没有连斯基那样忧郁的"咏叹调"。如果作者发了诗兴，要写一种带有抒情性的爱情，赋予他的主人公以年轻、漂亮、有教养、懂音乐、会美术等等可爱的条件，那也要写他们在恋爱中如何骂骂咧咧、口吐粗词以冲淡这种故事所可能有的"诗意"。受到尼克松肯定过的《爱情故事》就是如此，似乎不这样写就不足以表现现代人的复杂和作家对人的复杂性的深刻理解。

　　马拉默德的《头七年》，虽然与古典的爱情作品颇不相同，属于现代风格，但是在这里，作者却不像一些现代派作家那样悲观，他对人、对生活还保持着乐观的态度，认为人的善、人的价值并没有泯灭，他力图从平凡的生活中发掘不平凡的东西，从普通人、卑贱者的身上发掘真正的价值。

　　作者的这种意图是通过新颖独特的构思表现出来的。小说根本没有正面写男女主人公的爱情，作者把爱情藏在幕后，只是从一个事件的后果和影响来加以揭示：鞋匠费尔德要为女儿物色一个称心如意的对象，他看中了一个大学生，竭力为他们撮合，却没有料想到他的助手索贝尔得知以后竟一怒而去，由此，才发现了这个五年以来在他铺子里含辛茹苦、从不计较工钱的助手，一直爱着他的女儿。索贝尔是一个从波兰逃出了希特勒魔掌的犹太流亡者，年龄已经不小了，来的时候已经三十岁，忧患的经历在他的年龄之上还加上形貌的老相，这个逃到了美国、举目无亲的知识分子，却爱上了他雇主的女儿。这是多么艰巨的爱情！少女比他年轻了一半，年龄的差距以及道德感和责任感使他不能表白这种感情，他只有拼命地干活来等待少女的成长，为此，他把内心的热情深藏在辛勤的劳动里，不是一天两天，一月两月，而是整整五个年头。五年还没有完，最后费尔德虽然不得不同意了他对自己女儿的爱情，但提出了还要他等两年、等少女到二十一岁以后这一条件，这样，一共就是七个艰巨的年头了。这七年是无言地爱着的七年，是完全靠情操、理想支撑着的七年，因而也是充满了坚毅品格的七年。在这漫长的七年的岁月中，蕴藏着一种多么有分量的感情啊！

马拉默德是一个犹太作家，他经常以美国社会中平凡的小人物，特别是经受过苦难的卑微的犹太小人物为描写对象，力图在他们身上表现出一种内在的、深沉的品格：人道、善良、富有同情心、自我克制，等等。《头七年》特别显示了他的这种思想特点：在那个普通的修鞋铺里，却发生了一个如此感人、如此深沉的爱情故事，在索贝尔这个其貌不扬的平凡的修鞋匠的身上，却有着如何超凡的精神力量和情感力量！

爱情小说的生命力不在于把爱情故事的情节写得叫人爱看，更不在于赋予男女主人公以某些外在的价值，如美貌动人，等等，而在于写出了人的感情、人的精神。《头七年》就是这样。

索贝尔的故事，是在他不惹人注意的故事和外形之中，深藏着内向的性格、内向的感情，特别是有分量的情操，因而有着感人的力量；而作为艺术形象，他又凝结着艺术家共同的经验。

巴西勒太太

［法国］让-雅克·卢梭

黎星 译

作者简介

卢梭（1712—1778），法国 18 世纪最杰出的启蒙思想家和文学家。生于日内瓦一个钟表匠的家庭，自幼丧母，寄人篱下，十四岁时即被迫出外谋生，长期过着流浪的生活。他通过自学，获得了渊博的知识，开始了写作，逐渐以他的论著和作品，成为名声传遍法国的思想家。

卢梭最重要的论著是《论人类不平等的起源和基础》《社会契约论》。前一部著作以辩证的方法深刻地论述了人类不平等的起源在于私有财产的出现；后一部论著批判了封建法权观念，宣传了资产阶级自由、平等的思想，为资产阶级共和国的政治理想提供了理论基础，对法国大革命的发生有巨大而深刻的影响。

卢梭主要的文学创作是：小说《新爱洛绮丝》和《爱弥儿》以及自传性的《忏悔录》。这三部作品都充满了反对封建等级制度、贵族特权的激情和个性解放的精神。卢梭还特别重视对感情的描写，他对大自然也有深沉的热爱。他作品的这些特点对后世的文学产生了巨大的影响，他被视为法国浪漫派文学的先驱。不论是在思想史上还是在文学发展史上，卢梭都是一个开辟了一个新的时代的巨人。

我的生活虽然非常节俭，可是我的钱袋却不知不觉地快空了。我这种节俭并非出于谨慎，而是由于我的食欲简单。就是今天，佳筵盛宴也没有改变我这种简单的食欲。我从前不知道，现在仍然不知道有什么能比具有田舍风味的一顿饭更精美的饮食了。只要是好的乳类食品、鸡蛋、蔬菜、奶饼、黑面包和普通的酒，就能让我饱餐一顿。只要没有侍膳长和侍者围着我让我饱尝他们的讨厌的神气，我的好胃口吃什么都是香甜的。那时我总是花五六个苏就能吃一顿非常好的饭，以后用六七个法郎吃反倒没有那么好了。我饮食有节只是因为我没有受到诱惑，但是，我把这一切都说成饮食有节也是不对的，因为说到吃，我也是尽量享点口福的。我所热爱的梨、奶糕、奶饼、皮埃蒙特面包和几杯掺兑得法的蒙斐拉葡萄酒，便可以使我这个贪图口福的人心满意足。尽管如此，我的二十个法郎还是眼看就要完了。这一点我一天比一天看得清楚，尽管我还处于对什么都漫不经心的年龄，但由于前途茫茫而产生的忧虑不久就变成了恐怖。我的一切幻想都破灭了，只剩下找个赖以糊口的职业的念头，然而这个念头也是不易实现的。我想起我从前的手艺来，但是我的手艺还不精通，镂刻师傅不会雇我，而且这一行的师傅在都灵也不多。于是，在没找到什么好机会以前，我就挨门挨户，一个铺子一个铺子去自荐，愿意替他们在银器上镂刻符号或图记，工钱随便，满心想用廉价吸引主顾。可是这种权宜之计也很不成功。几乎到处都遭到谢绝，即使找到一点活儿也挣钱很少，仅够几顿饭钱。然而，有一天清早，我从公特拉诺瓦街经过，透过一家商店的橱窗，看见一个年轻的女店主，她风韵优美，相貌动人，尽管我在女人面前很腼腆，我还是毫不犹豫地进去了，主动向她推荐我这小小的技能。她不但完全没有严词拒绝，反而让我坐下，叫我谈一下我的简短的经历。她同情我，劝我鼓起勇气，还说好的基督徒是不会把我扔下不管的。后来，在她叫人到一个邻近的金银器皿店去寻找我所需用的工具的时候，她亲自上楼到厨房给我拿来点早点。这样开端似乎是个好兆头，其后的事实也没有否定这个兆头。看来，她对我的那点活儿还满意，而且对在我稍微安下心来后的那阵子海阔天空的闲聊更满意；由于她丰姿绰约，服饰华丽，虽然态度和蔼，她的风采仍引起了我的敬意。然而，她那充满盛情的招待，同情的语调以及她那温柔的风度，很快就使我一点也不感到拘束了。我认为我是成功了，而且还会获得更多的成就。然而，尽管她是一个意大利女人，又那么漂亮，在外表上难免显得有些风骚，但是，她却非常稳重，再加上我生来腼腆，事情就很难有迅速的进展。我们没有得到充分的时间完成这项奇遇。每当我回忆起和她在一起的那些短暂时刻，就感到极大的快慰，而且可以说，我在那里尝到了宛似初恋的那种最甜蜜、最纯洁的快乐。

　　她是个富有风趣的棕色头发女人，她那美丽的脸上显示出来的天生和善的神情使得她那种活泼劲儿十分动人。她名叫巴西勒太太，她丈夫的年岁比她大，醋意相当浓，在他出远门的时候，把她托给一个性情忧郁、不会讨女人欢心的伙计照管。这个伙计也有自己的野心，不过他只是用发脾气的方式来表示罢了。他笛子吹得很好，我也很喜欢听他吹，但是他却非常讨厌我。

　　这个新的埃癸斯托斯[1]，一看见我到他的女主人店里来，就气得嘴里直嘟囔；他以轻蔑的态度对待我，女主人也毫不留情地以同样的态度对待他。她甚至好像为了自己开心，故意在他面前对我表示亲昵，叫他难堪。这种报复方法非常适合我的胃口；如果我们单独在一起的时候，她对我也是这样，那就更合我的胃口了。但是她却并不把事情发展到这种程度，或者至少是方式不一样。也许是她认为我太年轻，也许她不知道该怎样采取主动，也许她确实愿意做一个贤淑的女人，她对我采取一种保留态度，固然这种态度并不拒人于千里之外，

---

　　[1]　当阿伽梅侬去参加特罗伊战争时，曾把妻子托埃癸斯托斯照应。巴西勒同阿伽梅侬一样，把妻子托给他的伙计，这里埃癸斯托斯即指这个伙计。

但我却不知道为什么竟感到畏缩。我对她感觉不到像对华伦夫人那种真心实意、情致缠绵的尊敬，而是感到更多的畏惧，同她远不像同华伦夫人那样亲密，我又窘又战战兢兢，我不敢盯着看她，在她跟前甚至屏着呼吸；可是要我离开她却比叫我死还难受。在不至于引起她注意的当儿，我用贪婪的目光凝视着她身上所能看到的各个部分：衣服上的花，美丽的小脚尖，手套和袖口之间露出的那段结实白皙的胳膊，以及在脖子和围巾之间有时露出的那部分。她身上的每个部分都使我对其他部分更为向往。由于我目不转睛地看那些所能看见的部分，甚至还想看那些看不见的部分，这时我眼花缭乱，心胸憋闷，呼吸一阵比一阵急促，简直不知如何是好。我只能在我们中间经常保持的沉默中暗暗发出非常不舒服的叹息。幸亏巴西勒太太忙于自己的活计，她没有理会这些，至少我认为她没有理会。但是我有时看到，由于她的某种同情以及她的披肩下面的胸膛不时起伏，这种危险的情景更使我神魂颠倒。当我热情迸发到几乎不能自持的时候，她便以平静的声音向我说句话，我便立即清醒过来。

有不少次我和她单独在一起，她总是这样，从来没有一句话，一个动作，甚至一个带有过分表情的眼色，显示我们相互间有半点心心相印之处。这种情况使我非常苦恼，却也使我感到甜蜜。在我那天真的心灵中也弄不清我为什么会有这种苦恼。从表面上看，这种短短的两人独处，她也并不讨厌，至少是她屡次提供这样的机会。当然，这在她那方面并不是有意的，因为她并没有利用这样的机会向我表示些什么，也没有容许我向她表示些什么。

有一天，她听腻了那个伙计枯燥无味的谈话，就上楼到自己的房间去了，我连忙把我正在店铺后柜做的那点活儿赶完，就去找她。她的房门半开着，我进去的时候她没有理会，她正在窗前绣花，面对着窗口，背对着门。她既不能看见我，而且由于街上车马的嘈杂声，也没听到我进去。她身上穿的衣服一向是非常考究的，那一天她的打扮几乎可以说是有点妖冶诱人。她的姿态非常优美，稍微低垂着头，可以让人看到她那洁白的脖子。她那盘龙式的美丽发髻，戴着不少花朵。我端详了她一会儿，她的整个面容都有一种迷人的魅力，简直使我不能自持了。我一进门就跪下了，以激动的心情向她伸出手臂，我确信她听不见我的声音，也没想到她能看见我，但是壁炉上的那面镜子把我出卖了。我不知道我这种激情的动作在她身上产生了什么效果，她一点也没有看我，也没跟我说一句话，只是转过半个脸来，用她的手简单地一指，要我坐在她跟前的垫子上。颤抖、惊惧、奔往她指给我的位置上，这三桩事可以说同时并进，但是人们很难相信我在这样的情况下竟没有做出进一步的举动。我一句话也不敢说，也不敢抬头看她，甚至不敢利用这个局促的姿势挨一挨她，在她膝上趴一会儿。我变成哑巴了，动也不动，当然也不是很平静的，在我身上所表现的只有激动、喜悦、感激，以及没有一定目标和被一种怕招她不高兴的恐怖心情所约束住的热望，我那幼稚的心灵对于她是否真的会恼我，是没有什么把握的。

她的表现也不比我镇静，胆怯的程度也不比我小。她看我来到她面前，心里就慌了，把我引诱到那里以后，现在有些不知所措。她开始意识到那一手势的结果，无疑地，这个手势是没有经过考虑贸然做出来的：她既不对我表示欢迎，也不驱逐我。她的眼光始终不离自己手里的活计，尽力装出没有看见我在她跟前的样子。尽管我无知，也可以断定她不仅和我一样发窘，也许还和我有同样的渴望，只是也被那种和我相同的羞涩心情束缚住了。但这并没有给我增加克服这种羞涩的力量。她比我大五六岁，照我看来，她理应比我更大胆一些。我想，既然她没有什么表示来鼓舞我的胆量，那就是她不愿意我有这样的胆量。即使在今天，我还认为我的这个判断是正确的。可以肯定的是：她非常聪明，一定知道像我这样一个初出茅庐的孩子不仅需要鼓励，而且需要加以指导。

要是没有人来打扰我们，我真不知道这个紧张而无言的场面将怎样结束，也不知道我会在这种可笑而愉快的情况下一动不动地待多久。正在我的激情达到顶点的时候，我听到隔壁的厨房门开了。于是巴西勒太太惊慌起来，用激动的声音和手势向我说："快起来，罗吉娜来了。"我赶紧站起来，同时抓住了她伸给我的一只手，热烈地吻了两下，在我吻第二下的时候，我觉得她那只可爱的手稍稍按了一下我的嘴唇。我一生也没经过这样愉快的时刻，可惜良机不再，我们这种青春的爱情也就到此为止了。

也许正是因为这样，这个可爱的女人的形象才在我的心灵深处留下了令人迷醉的印象。以后我对社会和女人了解得越深，在我心灵中，也就越觉得她美丽。如果她稍微有点经验的话，她一定会用另一种态度来激励一个少年。虽然说她的心是脆弱的，但却是纯朴的，她会无意中向引诱她的倾向让步；从一切现象来看，这是她不贞的开端，可是我要战胜她的害羞心情，恐怕比战胜我自己的羞涩心情还要困难。我并没有做到这一点，却在她跟前尝到了不可言喻的甜蜜。在占有女人时所能感到的一切，都抵不上我在她脚前度过的那两分钟，虽然我连她的衣裙都没有碰一下。是的，任何快乐都比不上一个心爱的正派女人所能给予的快乐。在她跟前，一切都是恩宠。手指的微微一动，她的手在我嘴上的轻轻一按，都是我从巴西勒太太那里所得到的恩宠，而这点轻微的恩宠现在想起来还使我感到神魂颠倒。

其后两日，我尽力寻找能和她单独在一起的机会，但未能如愿以偿。在她那一方面，我一点也看不出有想安排这种机会的意思。并不是她的态度比以前冷淡了，而是她比以往谨慎了。我觉得她老躲避我的视线，唯恐她不能充分控制住自己的目光。那个可恶的伙计比任何时候都更可恼了，他甚至冷嘲热讽起来，说我在女人跟前前途无量。我生怕一时粗心会泄露了风声，我那点兴趣，到此为止，原用不着掩掩藏藏的，但现在我认为和巴西勒太太已经算是心心相印了，便想用一种神秘气氛把它隐蔽起来。这使得我在寻找满足这种兴趣的机会时变得比较谨慎了。因为我老想找十分安全的机会，结果一次也没有找到。

我另外还有一种迄今尚未医好的恋爱怪癖，这种怪癖和我天生的胆怯加在一起，就大大否定了那个伙计的预言。我敢说，由于我爱得太真诚，太深挚，反倒不容易得手了。从来没有过像我这样强烈同时又这样纯洁的热情，从来没有过这样温柔、这样真实而又这样无私的爱情。我宁肯为我所爱的人的幸福而千百次地牺牲自己的幸福，我看她的名誉比我的生命还要宝贵，即使我可以享受一切快乐，也绝不肯破坏她片刻的安宁。因此我在自己的行动上特别小心、特别隐秘、特别谨慎，以致一次都没有成功。我在女人跟前经常失败，就是由于我太爱她们了。

　　现在返回来谈谈那个吹笛人埃癸斯托斯吧，奇怪的是这个密探虽然变得越发令人难以忍耐，但他显得更殷勤了。他的女主人从对我垂青的第一天起，就想法使我成为商店里一个有用的人。因为我懂得一点儿算术，她曾经跟那个伙计商量，叫他教我管账，但是，那个坏家伙对这个建议坚决反对，他也许是怕我夺去他的饭碗吧。因此，我所有的工作只不过是在做完了我那镂刻活计以后，去抄写几张账目和账单，誊几本账簿，把几封意大利文的商业函件译成法文而已。可是，突然间，我那个对头又想重新考虑那个一度提出而被否定过的建议了，他并且说愿意教我记复式簿记，愿意使我在巴西勒先生回来的时候，就可以有一套在他手下做事的本领。他说话的语气和神态里的那种虚伪、狡猾和讽刺的成分，我无法细说，总之使我很难信任他。但是没等我回答，巴西勒太太就冷冷地对他说，我对他这种热心帮忙当然是很感激的，但她希望我的命运终于会使我有机会发挥我的才干，并说像我这样有才干的人仅做一个伙计未免太可惜了。

　　她曾经多次对我说，她要给我介绍一个可以对我有所帮助的人。她的考虑十分明智，她感觉到这时已经到了应该叫我离开她的时候了。我们默默无言，彼此感到倾心的这件事是在星期四发生的。星期天她请了一桌客，其中有我和一位相貌和善的多米尼克派教会的教士，她就把我介绍给这个人了。这位教士对我非常亲切，对我的改教表示庆贺，并且问了不少关于我个人经历的事情，从这儿我就知道巴西勒太太曾经把我的经历详详细细地告诉了他。接着，他用手背在我的面颊上轻轻地拍了两下，对我说，要做一个善良的人，要有勇气。他还让我去看他，以便彼此更从容不迫地谈一谈。从大家对他表示的敬意看来，我可以断定他是一个有地位的人，再从他同巴西勒太太说话时那种慈父般的口吻，还可以推定他是她的忏悔师。我也清楚地记得，在他那适合身份的亲切中，夹杂有对他的忏悔者所表示的尊敬和钦佩，可是这种表现在当时给我的印象，不如我今天回想起来时在我脑际留下的印象深。如果我那时更聪明一些的话，能够了解到，像我这样一个人，竟能使一个受到忏悔师尊敬的年轻女人动情，我将会多么感动呵！

由于我们人数较多，餐桌不够大，必须另外加一个小桌子，于是我就在小桌上和那个伙计愉快地对坐了。但是，从关心和菜肴的丰富来看，我坐在小桌上丝毫未受损失。往小桌上送来的菜真不少，可以肯定，这些菜并不是为了那个伙计送来的。一直到这时为止，一切都进行得非常顺利：女人们活泼愉快，男人们殷勤高雅，巴西勒太太以动人的亲切态度款待客人。饭吃到一半的时候，人们听到有辆马车停在门口，有个人走上楼来了，这是巴西勒先生。他走进来的那种样子，我至今还记得清清楚楚。他穿着一件带金扣子的大红上衣，从那一天起我对这种颜色就讨厌起来了。巴西勒先生身材魁伟，长得漂亮，风度很好。他脚步声音很重地走进来，脸上的表情好像要把大家都吓住似的，虽然在座的都是他的朋友。他的妻子奔过去，搂住他的脖子，抓住他的双手，向他百般表示亲热，而他却毫无反应。他向客人们打了一个招呼，有人给他送来一份食具，他便吃起来了。人们刚刚提到他这次旅行的事时，他便向小桌上看了几眼，用一种严肃的口吻问，坐在那边的小孩子是什么人。巴西勒太太直率地回答了他。他问我是不是住在他家里，有人告诉他，我不住在他家里。他接着粗野地反问说："怎么会不呢？既然他白天可以在我这里待着，晚上当然也可以在我这里。"这时，那位教士发言了，先对巴西勒太太作了一番严肃而真实的称赞，也用几句话把我夸奖了一番。他补充说：他不仅不应该责备他太太诚意救济贫困的好心，而且也应该积极参加才对，因为这里没有丝毫越礼的事情。丈夫用一种愤怒的口吻反驳了一下，可是由于教士在场，总算把气压住了一半，但是这也足以使我知道他对我的情况已经有所了解，而且也明白了那个伙计曾怎样按照他自己的方式给我帮了倒忙。

客人们刚刚退席，这个伙计就奉了他的老板的指示，显出胜利的神气，通知我立即离开他家，永远不准再进这个门。他在执行这项任务时，还增添了不少冷言恶语，使这个任务具有很大的侮辱性而且十分残暴。我一句话没说就走了，但是心里十分悲伤。我所以悲伤主要并不是因为离开了这个可爱的女人，而是因为这个可爱的女人成了她那粗暴的丈夫的牺牲品。他不愿意听任妻子丧失贞操，这当然是对的。然而，尽管她很贤惠，并且是良家之女，她毕竟是个意大利女人，这就是说：多情而好复仇。在我看来，他是失策了，因为他对她所采取的手段，足以给自己招来他所害怕的不幸。

这就是我第一次奇遇的结局。我曾经有两三次故意经过那条街，希望至少再见一见我心里不断想念的那个女人，但是我没有见到她，只看见过她的丈夫和那个认真当看守的伙计。那个伙计看到我，便用店铺里的大木尺向我做出怪样子，要说那种样子是在欢迎我，不如说是在向我示威。我既被如此严加防范，也就泄气了，我再也不到那条街上去了。我曾打算至少去拜访一次她给我引见的那位教士，可惜我又不知道他的名字。我在修道院的周围徘徊过好几次，希望能碰见他，但是毫无结果。最后，我因为又遇到了别的事情，便把我对巴西勒太太的动人的回忆丢开了。不久我就把她完全忘掉了。我甚至又像从前那样，恢复为纯朴和稚气十足的人，连看到美丽的女人也不动心了。

鉴评：清晨草叶上新鲜的露珠

　　此段故事选自卢梭的自传《忏悔录》。把自传中的一段列入小说，是否有些勉强，甚至有点不伦不类？但在选评者看来，它实在很重要，如果在描写爱情的篇章里缺了它，就如同在一次演奏钢琴名曲的音乐会上居然没有肖邦的作品。何况，这个故事真实自然，情节也紧凑集中：卢梭在贫困的流浪生活中遇见了巴西勒太太，她收留了他，两人之间产生了爱情，但由于种种原因，他们并未成为情人，而且很快就不得不分离了，最后留给了卢梭一段动人的回忆。对于这样一个故事，只要你愿意，未尝不可以把它当作一个短篇小说来看待。在短篇小说里，本来就有两种类型：一种是莫泊桑式的，故事性较强，情节生动；另一种是契诃夫式的，不以故事情节取胜，往往以似乎相当松散的结构发掘生活的某种深意、描绘人物的某种情感或状态。卢梭的这个故事，兼有两者之长，为什么不能把它当作一个短篇小说来看待呢？文学体裁之间的区分，是理论家用来说明问题而立的界石，如果把它加以绝对化，将它变为一道人为的鸿沟，那我们就会陷入一种荒诞的异化，而成为这种界石的奴隶了。

我们在上面把卢梭之于爱情描写比喻为肖邦之于钢琴乐曲。当然，任何比喻都是蹩脚的，也很容易被人指出这种或那种不当。我们的以上比喻只是基于这样的理解：肖邦是一个钢琴诗人，他把诗情带进了钢琴；而卢梭则是一个写情圣手，他把某种诗意性的东西，如真挚的、脱俗的柔情，等等，带进了爱情描绘。他们两个人都给自己的领域带来了新意，在这一点上可以说他们颇为相似。不过，毫无疑问，卢梭在有些方面，是肖邦所远远不能比拟的。他在历史上的身影更高大，他的思想和胸怀更广阔，他不仅像肖邦一样，是一个创作了感人作品的文艺家，而且更是一个站在正面指导了时代潮流的历史伟人：他不仅在历史上第一个用出色的辩证法论述了人类不平等的起源在于私有财产的出现；在十八世纪法国黑暗的封建专制主义的统治下，他怀着极大的义愤批判了全部封建主义的上层建筑、意识形态，宣判了封建专制是人类不平等的顶点；而且，在行将来到的资产阶级革命的前夕，他提出了主权在民的社会契约论，为资产阶级革命提出了政治理想，为资产阶级共和国的政治制度提供了理论基础，从而在法国大革命中被民主共和派视为精神导师。

这样一个在历史上产生了巨大影响的思想家，也是一个以热烈的感情而著称的人物。因此，他之从事文学创作，必然在宏伟的思想的基础上，给文学中的爱情描写开辟了新的领域。那就是他对爱情心理的坦率分析与对一种带有天真纯朴意韵的爱情的追求。

卢梭的《忏悔录》是一部以惊人的真实而传世、而著称的奇书杰作，它那种坦率、那种炽热的感情、那种对个性自由的赞赏和尊重，几乎可以说在文学史上开辟了一个新的时代，成为后来法国浪漫派文学的先声。既然是一部自传，当然会要叙述自己的爱情生活，要求自己忠于自己的个性和本来面目，于是，在《忏悔录》中就出现了也许是古典文学中最真实的爱情心理的描绘，对巴西勒太太的回忆就是这么一个片段。

卢梭关于自己的爱情生活的自述，坦率到了惊世骇俗的地步，他从不否认他在美貌异性面前的冲动、想入非非的思绪，甚至"不洁的念头"。而且，他毕竟出身底层，经历过长期流浪生活，正像他身上有着一层流浪生活的尘土一样，他的性格和习气也难免带有某些流浪汉粗俗的成分。就以这一段回忆而言，他一受到巴西勒太太善意友好的接待，居然就冒出了这一颇有江湖气的想法，"我认为我是成功了，而且还会获得更多的成就"；接着，就有了他那"目不转睛"的"贪婪的目光"和对于对方究竟愿意走多远以及为什么没有走到那一步的估计和分析。在这里，的确产生了一种"欲望"，这种"欲望"在卢梭和巴西勒太太的身上都很自然，一个是青春年少的小伙子，有着令人同情的经历和海阔天空闲聊的本领；一个是风姿绰约的少妇，本人富有情趣，但偏偏嫁给了一个粗暴而善妒的丈夫，而她作为一个意大利女人，毕竟又是"多情而好复仇的"，很可能对她的丈夫进行报复。所有这一切描写看来袒露而粗俗，但是，我们读下去的时候，却发现他们之间的关系完全是按人的规律而不是按动物的规律发展的，两人仍受社会的、思想的和理智的因素的制约。在卢梭的这一段经历中，从他和巴西勒太太之间性的吸引中脱颖而出的，正是真正人的行为，富有高级的情感活动的人而不是只有低级本能的人的行为。

请看这段回忆中那著名的描写：隔着一段距离，卢梭情不自禁跪在巴西勒太太的背后，这是一种感情上的倾倒所致，并没有带某种目的性。巴西勒太太觉察了对方的这个动作，温柔地用手一指，这一指虽充满了深情，但是那么轻微而娴静。就这样，他坐在了她跟前，两人之间出现了一幕动人的情景，既充满了热情的激动、强烈的吸引，甚至情欲的骚扰，又保持着端庄的纯朴，一动不动，像两个相对的塑像。

对于小说总应该比生活更集中更高，一般人往往容易理解为要有不平凡的故事情节和事态发展，而忽略了要表现出不平凡的人性，哪怕是人性中不平凡的那么一点火花。在卢梭的这段描写里，不平凡的两性关系的情节或动作是没有的，有的却是一段对人性的不平凡经历的回忆，在这里，焕发着诗意光辉的，正是这种人性的因素。

　　最后，我们还有必要回到作者的态度上来。卢梭写得很坦率，有的地方用词也相当粗俗，但他是怀着深情来回忆这段纯朴的爱情经历的，而对这一段经历中所体现出来的高出于生理本能的那种"情"，是赞赏，是颂扬！他甚至这样写："（我）在她跟前尝到了不可言喻的甜蜜。在占有女人时所能感到的一切，都抵不上我在她脚前度过的那两分钟，虽然我连她的衣裙都没有碰一下。"从这种坦率的语言中，确有着高出于凡夫俗子的情操，而且，唯其是以坦率的语言把问题说到了最彻底的程度，这种对情操的肯定和追求，才是真实而非虚伪的、有力而非脆弱的，这就构成了这一段爱情描写的可贵的价值。

乡村里的罗密欧与朱丽叶

［瑞士］ 高特弗利特·凯勒
田德望 译

作者简介

　　凯勒（1819—1890），瑞士 19 世纪最重要的德语作家，出身贫寒，青年时期曾研习绘画，为生活所迫，未能系统就学。在 19 世纪 40 年代中欧地区的民主革命的高潮中，开始写政治抒情诗，并参加了革命活动。1848 年，到德国海德堡大学深造，后来专心致力于自传体长篇小说《绿衣亨利》的创作。19 世纪 60 年代到 70 年代中期，他从政担任地方官，晚年又专心从事文学创作。

　　除代表作《绿衣亨利》外，其他重要作品还有《新诗集》，中短篇小说《塞尔德维拉的人们》《七个传说》，长篇小说《马丁·萨兰德》等。

　　讲起这个故事，假如它不是根据一件真实的事情，证明以往的伟大作品所依据的情节，个个都在人生中扎了多么深的根的话，那将是一个无聊的模拟。这样的情节，为数不多；可是它们不断换上新装，重新出现，逼着人们非去捉住它们不可。

在那条离塞尔德维拉只有半点钟路程的美丽的河水旁边，隆起一个很大的、开垦得很好的土岗，逐渐消失在肥沃的平原里。在这土岗的脚下，远远地坐落着一个有不少大农舍的乡村。好多年以前，这斜坡上并列着三块又美又长的田地，好像三条展开的大带子。一个晴朗的、九月天的清晨，有两个农人各自在两块田里耕作着，明确点说，就是在靠边的两块田里耕作着，中间那一块像是荒废了好多年的样子，因为已经盖上了一层石头和高高的野草，无数长着翅膀的小动物，不受惊扰地在上面嗡嗡地飞鸣着。在两边田里犁着地的农人，个子都很高，骨骼粗大，年纪都在四十岁光景，一看就知道是两个有点儿根基的农民。他们穿着耐久的粗亚麻布短裤，裤子上每一个褶痕都有固定不变的位置，看起来像雕刻在石头上的一般。每逢他们碰到一个障碍物，把犁柄握得更紧的时候，粗糙的汗衫袖子便由于受到这轻微的震动而抖动，同时那刮得光光的面孔，平静地、聚精会神地、稍微眯缝着眼睛，对着阳光朝前面望去，一面在度量着犁沟，只是偶尔远处传来什么响声打破了田野的寂静时，他们才向周围眺望一下。他们慢慢地，以某种天然的优美姿态，一步一步向前走去，除了偶尔给赶着雄壮的耕马的雇农一些指示外，全都一言不发。于是，从相当的距离看来，他们十分相像，因为他们正代表了这个区域的本地人的类型。乍一看，也许只能在这一点上区别他们：这一个戴着白帽子，帽顶子向前，那一个帽顶子却向后耷拉到脖子上。但是一等他们掉转耕地的方向，他们帽子的位置也就调换过来了；因为每逢他们面对面在岗上相遇，彼此走过的时候，那个迎着凉爽的东风走去的人，他的尖帽就向后边倒下去，而那个顺风而行的人的帽子却向前竖起来。每次也有一刹那的间歇阶段；这时候两顶闪光的帽子就笔直地在空中动荡，像两道白色的火焰向天空吐舌。他们俩就这样安安静静地耕着地。看着他们在那一片寂静的、金黄的、九月天的景色中在岗上悄悄地、慢慢地对面走过，逐渐分开，越离越远，最后像两颗陨落的星似的，消失在土岗的穹隆后面，过了好久又从那里重新出现，这种景象是很美丽的。每逢他们在犁沟里发现了一块石头，就漫不经心地用力一扔，把它扔到中间那块荒地里。这种情形倒也少见，因为这一块地差不多已经把所有在那两块邻田里能够找到的石头都给负担起来了。漫长的清晨就这样过去了一部分，这时有一辆精巧的小车，从村里向这边走来，刚上这斜坡时，小得几乎都看不见。这是一辆涂了绿色的小孩车，那两个耕地的人的孩子，一个男孩和一个很小的女孩，共同把上午的点心放在车里运来，给每个农人一块好面包，用一块手巾包着，一壶酒和一只酒杯，还放上了一些额外的小吃，这是温柔体贴的农家妇给勤劳的当家的附带送来的。此外这车里还装了各种奇形怪状的、已经咬过的苹果和梨，这是孩子们在路上捡起来的。还有一个完全光着身子的、黑眉乌嘴的布娃娃，只有一条腿，像个小姐似的在面包中间坐着，安闲自在地让车子拉着走。这车经过了不少次的碰撞和逗留，最后到了岗上，停在田边一丛小菩提树的荫凉里。现在可以更清楚地观察一下这两个车夫了。一个是七岁的男孩，一个是五岁的小女孩，都很健康活泼，此外，看上去也都没有什么特别引人注意的地方，只是两人都有一双很美丽的眼睛，那女孩还有浅褐色的脸庞和鬈曲的黑头发，使她脸上带着热情。耕地的人现在也都回到了岗上，他们在马前放了一些三叶草，把犁搁在开了一半的犁沟里，便以好邻居的关系一同吃起点心来，这才互相招呼；因为这天一直到现在他们彼此还没有说过话呢。

他们现在一面心满意足地吃着早点，并且满怀着慈爱，把早点分给孩子们吃，吃喝几时不完，孩子几时不离开这个地方，他们一面四下里眺望着，看见小城烟雾弥漫，在山里闪光，因为塞尔德维拉人天天准备丰富的午饭，常有一片光辉远射的银色炊烟飞上屋顶，贴着山峦悠然飘去。

"塞尔德维拉的二流子们又做好饭食啦！"农人中一个姓曼茨的说。那个姓马蒂的答道："昨天就有一个小子为着这儿这块地来到我家。""从县参事会来的吧？他还去过我那儿呢！"曼茨说。"真的？他大概也是想让你种这块地，给老爷们纳租子吧？""是的，一直到断定了这块地属谁，该怎么处置再说。但是这种替人拾掇荒地的事，我谢绝了，我说，他们尽可以出卖这块地，把款子保管起来，直到找到原主为止，这也许永远不会成为事实；因为不管什么事情一进塞尔德维拉的衙门，就会在那儿耽搁很久，何况又是这么一件麻烦事。在这个期间，那些二流子乐得从租金里揩点油水，他们当然也不会放过那卖地得来的钱；但是我们会当心，不把价钱抬得过高，到那时候我们就准知道，我们该怎么办，这块地究竟应该归谁！"

"我也是这样想，也给了那二流子一个同样的回答！"

他们沉默了一会儿，曼茨就又开始道："不过也真是可惜，好好的一块地就这样闲着，实在不像话。闲到如今已经二十来年了，没有一个人问过它，因为这村里谁都没有权利要求这块地，并且谁也不知道，那个败落的吹鼓手家的子孙们下落如何了。"

"哼！"马蒂说道，"就是这么一回事！我一看那个时而和流浪人们混在一起，时而又给村里伴奏跳舞的黑琴师，我就想赌咒说，他就是那个吹鼓手的孙子。他当然不晓得，他还有一块地呢。可是他要地干什么？烂醉上一个月，过后还不是和从前一样！况且，这件事既然还不能落实，怎么可以给他透个风呢！"

"那样一来可就会惹出好事情来啦！"曼茨答道，"为了否认这个琴师在我们教区里的乡土权，就够咱们麻烦的了，因为人家总想把这个流氓硬推到咱们身上。既然早先他的爹娘和流浪人合了伙，他也可以留在那里，给那帮补锅的游民拉提琴啦。我们凭什么知道他是吹鼓手的孙子呢？就说我吧，我虽然相信我在琴师的黑脸上完全认出了那个老头子的样子，我还是说，错误是人之常情，一张不起眼的破纸，一小片洗礼证，比十个有罪孽的人的脸更使我心安！"

"哎呀，可不是嘛！"马蒂说道，"他当然会讲，没给他施洗，并不是他的过失！可是难道就应该把我们的洗礼盆做得可以在林子里搬来搬去吗？不，那是固定在教堂里的。挂在外面墙上的那副抬棺材的担架倒是可以搬动的。我们村里人口已经过多了，快需要两个小学教员啦！"

说到这里，农人们这顿饭已吃完了，话也谈完了，他们站起来，去把今天上午还没完的活儿做完。两个孩子却已打算好和父亲们一同回家，于是先把他们的车子拉到小菩提树丛里掩护起来，然后到那块荒地里去探一次险，因为那儿的野草、灌木和石头堆子，呈现出一片罕有的荒野景象。他们手拉手在这一片绿色的荒野中游玩着，把携着的手晃过高高的蓟丛作为乐事，最后就在一丛大蓟的荫凉里坐下。那女孩开始把车前草的长叶子给她的布娃娃穿在身上，这布娃娃便得到了一条美丽的、有锯齿形花边的绿裙子；再把一朵孤单单开着的红罂粟花给它蒙在头上当作头巾；还用一棵草把它绑结实了。特别是当它又得到了一条用小红浆果穿成的项链和腰带以后，这个小人儿看起来就像一个女巫了。紧接着他俩就让它高高地坐在蓟茎上面，瞪着眼瞅了它一会儿，后来那个男孩看够了，便一石头把它打了下来。这一下子它的服装可不整齐了。那女孩就快快地给它脱掉衣服，好重新把它打扮起来，可是当布娃娃刚刚脱完衣服，只留着那块红头巾时，那粗野的男孩就从他的女伴手里抢过这个玩具，把它高高地扔到空中去。那女孩哭着喊着跳起来去捉，但是那男孩又先把布娃娃捉到了手，重新扔到空中去，弄得那女孩总是白忙一场，他就这样逗着她玩了好久。飞着的布娃娃却在他手里受了伤，明确一点说，伤是在它那只独腿的膝盖上，在那儿破了一个小窟窿，漏出一些糠来。那个捣乱鬼一看见这个窟窿，就像耗子似的静悄悄地，张着嘴，热心地忙着用小手指扩大那个窟窿，搜寻糠的来源。他的静默引起了那可怜的女孩极大的怀疑，就挤到他跟前去，一看见他的恶作剧，不由得大吃一惊。"瞧啊！"他喊道，一面把那条腿在她鼻子前头晃来晃去，糠都飞到了她脸上。她连喊带叫地央求着，当她正要伸手去取时，他却又跑开了。两个人闹个不休，直到那整整一条腿都掏空了，像一枚可怜的豆荚一般耷拉着，他才把那受虐待的玩具往下一摔不要了。当那幼小的女孩哭着倒在布娃娃身上、用围裙把它包上时，他便装出极其顽皮和满不在乎的样子。她把布娃娃拿出来，伤心地端详着这可怜的东西，一看见那条腿，就又放声大哭起来，因为这条腿在躯干上耷拉着，就像一条火蛇身上的小尾巴一样。她拼命地哭，哭得那个做坏事的心里终于有点别扭了，他站在这诉苦者的面前，又着急，又懊悔；她一理会到这种情形，就突然止住了哭，用布娃娃打了他几下，他装作被打疼了的样子，喊了一声"噢!"他喊得那样自然，使她满意了，就和他一同继续做起破坏和解剖工作来。他们在这殉难者身上钻了一个又一个洞，让糠往外乱漏，他们把这些糠仔细集拢到一块平坦的石头上，堆成一个小堆，一面搅动，一面瞪眼看着。布娃娃身上剩下的唯一结实地方就是脑袋了，现在当然就特别引起了孩子们的注意；他们很细心地把这颗头和榨空了的尸体分开，然后向空虚的内部惊奇地窥探起来。他们一看见那个古怪的窟窿，又看见了糠，首先引起来的一个最自然的念头就是用糠把这颗头塞满，两双小手争着把糠往里放，于是这颗头有生以来第一次里面有点东西了。不过那个男孩或许仍然把里面的东西看作死学问，因为他突然捉住一个大苍蝇，一面用掌心扣着这嗡嗡直叫的苍蝇，一面命令那女孩，把头里的糠倒干净，然后就把苍蝇关在里面，用草堵上那个窟窿。孩子们把这颗头拿到自己的耳朵旁边听听，然后郑重地把它放在一块石头上，因为上面还蒙着那朵红罂粟花，这颗有响声的头现在看起来就像一个预言家的头似的，两个孩子一面拥抱着，一面静悄悄地倾听着它的报告和童话。但是每个先知都毫无例外地引起恐怖和忘恩；这粗略的形体中的一点点生命，也终于惹起了在孩子们心里存在着的人类的残忍性，他们决定把这颗头埋在土里。于是他们做了一个坟墓，也不问那被俘的苍蝇意见如何，就把这颗头放进去，并且用田里的石头在坟上立了一个很像样的纪念碑。他们因为埋了一个有形体有生命的东西，觉得有点害怕，就离开了这个阴森森的地方。走了一大段路，那个小姑娘疲倦了，就仰卧在一小片完全被绿草覆盖着的地方，开始唱起几句单调的歌来，唱的总是那几句，那男孩蹲在她旁边帮着腔，决定不了自己是否也要完全躺下去，因为他也同样地困倦极了。太阳照着这唱歌的女孩的张开了的嘴，照亮了她那白得晃眼的小牙齿，照彻了她的圆润的、绯红的嘴唇。那男孩看见了这些牙齿，就搬着女孩的头，好奇地检查起她的小牙齿来，一面喊："你猜，我们有多少牙齿？"女孩想了片刻，仿佛是在熟思细算似的，然后随便说道："一百！""不对，三十二个！"他喊道，"等一等，我要数一下！"他就数起那女孩的牙齿来。因为总得不出三十二，他就一遍一遍地重新数。女孩安静了好久，但是因为那个热心的计算者总没个完，她就一下子跳起来，喊道："现在我要数数你的！"于是那男孩就倒在草里，女孩伏在他身上，抱着他的头，他把嘴张开，她就数道：一，二，七，五，二，一。原来这个小美人还不会数数呢。男孩就改正她，指点她应该怎样数，她就又重新数，数了不知多少次。在他们那天所有玩过的游戏中，这个游戏似乎是最使他们开心的一个。最后那女孩便完全倒在小算学家的身上，两个孩子就在明亮的晌午的阳光下睡着了。

在这段时间，父亲们已经各自把地耕完，把两块地都变成了带有新鲜泥土香味的棕色的平川。当最后的一道犁沟耕到尽头时，其中一个雇农正要停住，他的当家的就喝道："停什么？再回一次头！""我们已经耕完啦！"雇农说。"住嘴，照我吩咐的去做！"当家的说。他们就回过头来，在中间那块无主的田里，豁了一大道犁沟，草和石头都飞起来了。可是农人并没有停下来清除这些东西，他大概以为要搞这个还有的是时间，今天只消粗枝大叶地做一下就算了。于是顺着斜坡迅速地向上走去，到了岗上，那快意的风把这农人的帽顶子又吹得向后倒下时，邻人正打那一边耕过去，帽顶子向前歪着，也在中间那块田里豁了一大道犁沟，土坷垃一下子都飞到两边去了。谁大概都看见了谁的行事，可是都像是没看到似的，就又彼此分开，看不见了。每个星座都各自安静地打另外的星座旁边运行过去，沉入天穹的后面。命运之梭就这样彼此交穿而过，"他织着什么，没有一个织工晓得！"[1]

一次收成跟着一次收成地到来，每次都看见孩子们长得更高了，更美丽了，

1　"他织着什么，没有一个织工晓得！"引自海涅的诗《耶胡达·本·哈莱维》（Jehuda Ben Halevy）第2章第5段。

那块无主的田地在那变宽了的邻地中间更狭小了。每耕一次地，在这边和那边都损失一条犁沟，从来没有人说过一句话，就像没有人看见这种罪行似的。石头越积越高，已经沿着田地的全长形成了一道正式的地脊，上面的野灌木也已长得那样高，以至孩子们虽然都已长大，但是当他们一个在这边，一个在那边走过的时候，谁也看不见谁了。原来他们现在再也不一同上地里去，因为那个十岁大的所罗门，就是人们喊作萨利的，居然已和大一点的儿童以及成年人为伍了；而那个褐色皮肤的芙兰琴呢，虽然是一个热情的小姑娘，行动却已不得不受同性的监护，否则，别人就会嘲笑她是一个好追男朋友的女孩子。可是每到收成时节，大家都在田里的时候，他们总要抓住一次机会，爬上那一道隔离开他们的乱石埂子，然后把对方推下来，此外再也没有什么来往了。他们似乎因此倒把这个一年举行一次的仪式更加在意地保存下来，因为他们两家的田地在别的地方都不衔接。

在这期间，那一块地到底还是宣布出卖了，卖得的款子规定暂由公家保管。拍卖就地举行，但是除了农人曼茨和马蒂以外，就只有几个看热闹的在场，因为没有人高兴买这不三不四的夹在这两个邻人中间的一小块地来耕种。原来他们俩虽然也属于这村里最好的农民之列，他们干的勾当也不过是其余三分之二的农民在同样情况之下也要干的，可是现在大家还是因为这个而一声不响地看着他们，没有人愿意夹在他们中间要这块缩小了的无主的田地。一件唾手可得的便宜事，要是碰到鼻子上，大多数的人都会干的，可是一旦有人做了，其余的人就会得意做这件事的并不是他们，就会得意他们没有受到诱惑，还把这个被选中的人作为罪恶的尺度，来测量他们自己的品德，还把他当作一个被神明标出来的消灾移祸者，因而对待他也心怀畏惧，尽管他们同时还对这个人在这件事情上所占到的便宜垂涎不止。所以当时认真出价码来争购这块地的就只有曼茨和马蒂二人。经过一番相当固执的竞争之后，曼茨争到了手，这块地就拨给他了。官方人员和看热闹的从田里一哄而散，那两个农人还在自己的地里忙了一会儿，离开时又彼此遇到了。马蒂说："现在你要把你的地，连旧带新合并在一起，然后再分成一般大的两块来种吧？假如是我得到了这块地的话，至少我是要这样办的。""我当然也要这样办。"曼茨答道，"因为当一块地来种，对于我未免太大了。可是我方才要讲的是：我已经发觉，你新近还在这块现已属我的田地的下端斜着割了好大的一块三角地去。你这样做也许你以为这整块地反正是你的，割不割都一样。可是现在这块地既然属了我，你得明白，我不容许有这样岂有此理的一弯，要是我把这条线重新弄直，我想你准不会反对吧！总不该有什么争执吧！"

马蒂也像曼茨一样冷冷地回答道："我也看不出有什么可争执的！据我所知，这块地你买来就是这样的。大家都曾亲眼目睹，这块地在这一个钟头之内并没有改变一丝一毫！"

"废话！"曼茨说道，"过去的，我们用不着多计较！可是过分的仍然还是过分的，一切事到最后总得有个合情合理的解决；这三块地从来就是这样笔直地并列着，像比着尺子画出来的一般；现在你在这中间来这样一条可笑的、违情悖理的曲线，这岂不是大开玩笑！要是让这个弯曲的三角留在地里，人家要给我们俩起外号儿了。非把它去掉不可！"

马蒂笑道："你怎么一下子就怕起别人的笑话来啦！这倒也好办。这一道弯儿一点都碍不着我。你要是生它的气，好吧，我们就把它弄直，可是不能在我这边弄，这一层你要是嫌空口无凭的话，我可以给你立字为证！"

"别讲笑话了，"曼茨说道，"一定要把它弄直，就在你那边弄，气死你也得这样！"

"到底怎么办，反正有事实会证明的！"马蒂说，然后两个人就各自走开，谁都不再看对方一眼，却向着不同的方向凝望着天空，仿佛在那里发现了什么奇观，必须集中全副心神去注视似的。

第二天曼茨就打发一个小做活的，一个打短工的姑娘，和自己的小儿子萨利到那块地里去，把野草和灌木连根拔掉，堆成堆，为的是以后可以更方便地把石头运走。这次他不顾孩子母亲的抗议，把不到十一岁的、从来还没有被督促去做任何工作的男孩一同派出去，乃是他作风上的一种改变。他这样做时还讲了一大套严肃正经的道理，看来似乎是想以这种严格督促自己骨肉的办法，把自己在罪行中过活的感觉来麻醉一下，这种不义之行现在已经悄悄地开始产生后果了。派出去的那一小帮人这时候正在高高兴兴地除着野草，起劲地砍着那些在那里繁殖了许多年的奇异的灌木，以及各种各样的植物。因为这是一种不平常的、简直可以说是乌七八糟的活儿，做起来不需要什么规则和细心，所以就成了一种娱乐。他们把这些在太阳地里晒干了的野生东西堆了起来，大声欢呼着烧掉，浓烟散布得好远，年轻人在烟里跳来跳去，好像着了魔一样。这是这块不幸的田地里最后的一次欢会，马蒂的女儿，年轻的芙兰琴，也偷着跑出来，奋勇帮忙。这件新奇而又使人兴奋的事情，给她一个好机会，再和她幼时的伙伴接近一次，孩子们在自己的火边活跃非凡。后来又加入了一些别的孩子，就集合成一个非常快活的团体；但是只要他俩一被分开，萨利立刻就想法回到芙兰琴身边，她也总是快活地微笑着，想法溜到他那里去。这两个天真的孩子都觉得，这一个盛大的日子仿佛永远不可以完，而且永远不会完似的。可是刚刚傍晚，老曼茨便到这里来看看他们工作的成绩，虽然已经完了工，他还是为着这场欢喜骂了他们一顿，把这个团体吓散了。同时马蒂也出现在他自己的田地里，一看见他女儿，就把手指插进嘴里尖锐而横暴地向她吹起了口哨，吓得她赶忙跑过去，他不知道为什么就给了她几个耳光。于是两个孩子十分悲哀，哭着回家去了，至于他们现在为什么这样悲哀，方才又为什么那样快乐，他们这时候实在是同样糊涂；因为父亲们这种粗暴的态度本身就是相当新奇的事实，还来不及让天真的孩子们了解，也就不能更深地震撼他们。

以后几天里，曼茨派人把石头捡起来运走，这已是一种比较重的活儿，必须由成年人来做了。这桩活儿总没个完，仿佛世界上所有的石头都堆到了这里似的。但是他不让人把这些石头干脆从田里弄走，却一车一车地倒在那争执未决的、已经被马蒂仔细翻耕过的三角形地头上。他先前已经画好了一道直线作为地界，现在就把他们二人自从开天辟地以来扔过来的石头，都卸在这一小片土地上，筑起了一座雄伟的金字塔，这个东西，他想他的对头是懒得去移动的。马蒂料不到有这么一手；他以为曼茨终究不过是照旧拿着犁去干活，所以一直在等着看他以耕地者的姿态出来。直到几乎是既成事实的时候，他才听说曼茨在那儿建立了美丽的纪念碑，就怒气冲冲地跑出去，一看见那一堆好礼物，又跑回把区长找来，暂时先就那个石头堆提出抗议，请求将那一小片土地依法扣押。从这天起，这两个农人就一直打着官司，不闹到倾家荡产决不罢休。

这两个一向非常聪明的人，现在见识都短得像根干草截儿似的；每人心里都充满了世界上最褊狭的正义感，谁都不能也不想了解，怎么对方会这样公然违法，擅自霸占这块有问题的、不起眼的三角地呢。在曼茨这方面，另外还加上一种爱好对称以及平行线的奇异趣味，对于马蒂那样狂妄地坚持保留那一条最荒谬的、最恶毒的曲线，他感到自己真正是受了欺侮。可是他们俩却一致相信：对方这样混账无礼地占自己的便宜，想必是把自己看成一个顶无用的傻瓜，因为人们或许敢这样对待一个软弱无能的可怜虫，却不敢这样对待一个顶天立地的、聪明而能自卫的人。他们谁都觉得自己那宝贵的荣誉受了损害，因而不顾一切地赌气打着官司，听任弄到倾家荡产，从此他们的生活就如同噩梦里的两个堕入地狱的鬼魂所感受的痛苦一样，这两个鬼魂同坐在一条狭窄的木板上，正顺着一道黑乎乎的河流往下漂去，可是彼此不和，打起架来，你拉我扯，以至同归于尽，他们却自以为已经抓住了自己的祸根。由于有了这样一件糟糕的事，他们两个就落入了一帮狡猾之徒的魔掌里，这帮人给他们俩的不正常的想象力打气，使之膨胀成了庞大无比的气泡，塞足了极其无用的废物。特别是塞尔德维拉城里的那批投机家，这场官司对于他们是一注横财。不久，这两个打官司的人背后都有了一帮中人、告密者和顾问，这些人千方百计地弄走了他们俩所有的现款。因为这一小块有石头堆的土地——石头堆上一大片荨麻和刺蓟已经又开花了——还不过是一段复杂的历史和生活方式的根苗或基础而已，在这段历史的生活方式的演变中，这两个五十岁的老头还在培养新的习惯和作风，抱定新的原则和希望，跟他们以往那些迥然不同。他们越糟蹋钱，就越渴望有钱，财产越少，就越固执地想发财，要把对方超过。他们让人家引诱，上了各种的当，还年年不断地购买一切在塞尔德维拉大量推销的外国彩票。可是他们从来没得过一块钱的彩，只是不断地听说有别人中了彩，他们自己也几乎中了彩，这份狂热使他们的财富源源不绝地往外流去。有时候那些塞尔德维拉人还闹恶作剧，捉弄这两个农人糊里糊涂地去买同期开彩的彩票，于是他们俩便把压倒和毁灭对方的希望寄托在同一彩票上。他们把一半时间耗费在城里，每人都在一个小酒馆里设立了大本营；让人家摆布得头昏脑热，糊里糊涂地大吃大喝，花费的时候每人心中却也都暗暗叫苦。于是这两个人原本为了不被人家看作傻瓜才跳进这场斗争里来的，现在却表现出是特等的傻瓜，而且也被大家看成这样。另一半时间，他们若不是无精打采地在家里躺着，就是去干一干活，那时他们就疯了似的着急起来，狠命地督促工人，想把耽误下来的活儿补上去，这样一来把正当可靠的工人都吓跑了。于是他们的光景越来越不堪设想，没过十年，他们就已经浑身是债，像只鹳鸟似的单腿立在自己财产的门槛上，经不起一阵微风了。可是不管他们过的日子如何，他们中间的仇恨却一天深似一天，因为每人都把对方看成自己的祸根，看成自己永世的仇敌和毫无理性的冤家对头，认为这是魔鬼故意放在世间来毁灭自己的。他们彼此就是远远地看见，也要吐口唾沫；他们家里任何一分子都不许和对方的妻子、孩子或用人说一句话，有一点违犯就要受到极粗暴的处分。在全部生活日趋贫穷和恶化的过程中，两个太太的作风却迥然不同。马蒂太太是良好的门第出身，经不起这个变故，在她女儿还不到十四岁的时候，就憔悴死了。相反地，曼茨太太却适应这个已经改变的生活方式，把自己发展成为一个恶劣的伙伴，不用别的，只消把她固有的几种女性的毛病放纵起来，造成坏习气就够了。她把好吃零嘴变成无节制的贪食，嘴尖舌快变成了专门的胡说乱道、谄媚和诽谤，随时运用这套本领口是心非地乱说，在人们中间挑三窝四，而且颠倒黑白，愚弄自己的丈夫。她原来的那种坦白表现在爱好天真的闲话上，现在变成对于干这套虚伪勾当厚颜无耻的一点都不在乎了。于是她不但不受丈夫的气，反而背地里要他；他要是胡作非为，她就变本加厉，不让自己受一点委屈，完全成了这个破落户的女大都督了。

于是可怜的孩子们现在可倒霉了，他们不但对自己的前途不能怀抱美好的希望，连一个快活惬意的青春都享受不到，因为到处无非是吵闹和忧愁。芙兰琴比起萨利来处境显然更坏，因为她已没有了母亲，在凄凉的家庭里孤独地忍受着粗暴的父亲的专制。十六岁的时候，她就已经是一个身材苗条、很有风度的少女了；她那深褐色的头发接连不断地打着鬈儿，几乎垂到她那双亮晶晶的褐色的眼睛上去，深红的血色透过浅褐的面颊，在娇嫩的嘴唇上闪出深绯色的光泽，这些都是罕见的美丽，使这黝黑的女孩子具有一种特殊的风姿和表征。热烈的生趣和喜悦在这女孩子的每根纤维里颤动着，只要日子稍微好些，就是说，当她不受过分的折磨，不担过多的忧愁时，她就笑了，并且表现出好玩好闹的样子。但是忧愁烦扰她的时候可真够多的；因为她不但要分担家庭的愁苦和日益增长的贫困，还要照顾自己，至少要让自己穿得干净整齐些，无奈她父亲在这方面一点钱都不肯给她。于是芙兰琴要想把她那漂亮的人品打扮打扮，要想得到一件最朴素的礼拜天穿的衣服，要想拼凑几条彩色的、几乎是一钱不值的围巾，都困难极了。因此这漂亮快活的女孩子在各方面受着委屈和阻挠，很少缘分去犯虚骄这个毛病。并且正当她刚刚懂事的时候目睹了母亲的痛苦和死，这个记忆又是加在她那快活热烈的性格上的另一重拘束，因此每逢这个好孩子看见太阳露出来，就不顾一切地笑逐颜开，那种天真无邪的高兴样子是极其可爱、极其动人的。

乍看来，萨利的境况似乎没有这样困苦；因为他现在是一个又漂亮又强壮的小伙子，知道如何自卫，至少他表面的态度就不容许人家虐待他。他确实看到他父母把家业管理得很糟糕，而且仿佛记得，早先并不这样；的确在他的记忆中还好好地保留着他父亲以往的形象——一个稳健、聪明而安静的农人，而现在他看见就是这同一人，变成了一个白发苍苍的糊涂虫、吵架鬼和懒汉，狂暴嚣张，胡说乱道，在成百条愚妄危险的道路上行走，像只龙虾似的一点钟一点钟地倒退。这种情形，一方面固然使他不高兴，常常心里充满了羞耻和苦恼，又因为没有经验，不明白事情怎么会弄成这个样子；另一方面，母亲一味地对他讨好，又把他这些忧愁麻醉了。因为她为了更安稳地过她那缺德的生活，为了有个好党羽，也为了满足自己的自大狂，对他总是有求必应，给他穿得又干净又漂亮，无论他搞什么来开心，她都一概加以赞助。对这一切他都欣然领受，却并不怎样感激，因为他觉得母亲撒谎撒得太多了；他既然对这些都没什么兴趣，所以就漫不经心、糊里糊涂地爱干什么就干什么，不过倒还不曾干过什么坏事，因为他现在还没有受到老一辈的坏影响，还感觉到青年人大体上必须纯朴，安静，而且还得要相当能干。他恰恰像他父亲在这个岁数时的情形一样，这便使父亲不由得对儿子起了一种敬意，并且怀着惶惑的良心和痛苦的回忆，向自己的青年时代致敬。萨利虽然享受着这种自由，但是对于自己的生活并不感觉快活，他感觉眼前没有什么正经事可做，而且也没什么正经事可学，因为曼茨家里早已谈不到什么有系统的工作了。他最好的安慰就是对于他的独立自主和暂时不受非难的生活感觉骄傲，这股子骄傲使他赌气让日子空空过去，不把眼睛正视将来。

　　他所受的唯一的拘束就是他父亲仇视所有姓马蒂的以及一切与马蒂有关的东西。但是除了马蒂曾经祸害过他父亲，而且马蒂家的人也一样地对他们怀着敌意以外，别的他什么都不知道，所以他不难做到既不看马蒂也不看他女儿，并且也不难做出一个初步形成的、几乎是温和的敌人样子来。相反地，芙兰琴因为受的苦比萨利更多，并且在家里也更无依无靠，所以她对于表示一种形式上的敌意，并不觉得起劲，她认为自己只是被那穿得整整齐齐而且显然比较幸福的萨利瞧不起而已；因此她总是躲避着他，无论在哪儿，只要他离得近了，她就赶忙走开，而他也懒得拿眼瞅她一下。结果，他已有好几年没在近处看见过这个女孩子了，一点也不知道她长成了以后是什么样子。然而他有时候却很迫切地想念她，而且每逢谈到马蒂家，他就不由得单单想到这女孩子，她现在的模样如何，他不大清楚，可是他记得她从前那种可爱的样子。

　　现在这两个仇敌中，第一个支持不下去而不得不离开家园的，却是他的父亲曼茨。这一步占了先是因为有个太太帮他的忙，又有个儿子也跟着一块儿花费。相反地，马蒂在他摇摇欲坠的王国里却是唯一的消耗者，他女儿就只许像一头小牲口似的干活，什么都不得享受。但是曼茨除了听从塞尔德维拉的恩人们的忠告搬进城去做酒店老板以外，一点别的办法都想不出来。一个在田里干了一辈子活儿的农人，带着残余的家产搬到城里去开小酒馆，想做一个干练的和气生财的老板，以为这是最后的补救之策，而事实上他心里连一点和气劲儿都没有，这种景象看起来是很悲惨的。当曼茨一家人从院子里搬出来的时候，人们才看出他们已经穷成什么样儿了；因为他们装在车上的无非是陈旧破烂的家具，从这些家具上就看出他们好多年没有修理也没有添置过什么。但是那位太太坐在这一车破烂家具上面，还是穿上了一身盛装，并且摆出一副充满希望的面孔，已经以未来的城市太太的身份带着轻蔑的神气俯视这些乡亲们了，这些人却满怀同情地从篱笆后面注视着这奇怪的搬家队伍。她打算以她的聪明可爱蛊惑住全城的人，她想只要她一坐到一家富丽堂皇的大酒店里当起了老板娘，就一定要把她那蠢笨的丈夫所不能办到的事都办成功。但是她心目中的大酒店其实只不过是一个鄙陋不堪的小酒馆，坐落在一条偏僻狭窄的小巷子里，刚有别人在这儿做生意破了产，塞尔德维拉人就把它租给了曼茨，因为他还有几百块钱的款项可以收回来。他们还卖给他几小桶掺水的酒和酒馆里的家具，一打不值钱的白玻璃瓶子，同样数目的玻璃杯，几张枞木桌子和几条长凳子，这些桌子凳子原先都是漆得血红的，现在已经有好多地方蹭坏了。窗前用钩子挂着一个铁圈，在那儿吱扭吱扭地响着，铁圈中间有一只锡做的手，正把一壶红酒往酒杯里斟着。此外门口还挂着一捆干枯的冬青树枝。这些东西曼茨都一股脑儿租下来了。由于这些情形，曼茨并不像他太太那样高兴，相反地，却满怀不吉祥的预感，气冲冲地赶着一匹瘦马往前走着，那匹马是向新搬来的农人家里借来的。他最后一个蹩脚的小长工在几个星期以前就离开他家了。当他这样赶着车子上路时，他分明看见马蒂带着嘲笑和幸灾乐祸的神情在路旁不远的地方搞什么，他就咒骂他，认为他是自己唯一的祸根。车子刚一开动，萨利就加快脚步，赶到前面，独自顺着小路向城里走去。

"我们到了！"车子在小酒馆前面停住时，曼茨说。他太太大吃了一惊，因为这实在是一家凄惨的客栈。人们都赶到窗口和门前，来看这新来的庄稼老板，并且怀着他们塞尔德维拉人的优越感，做出一副一副又怜悯又嘲笑的面孔。曼茨太太怒气冲冲地含着眼泪从车上爬下来，打算暂时先磨一磨自己的尖口利舌再开腔，就一直跑进屋里去，摆出尊贵的架子，今天不再让人家看见她；因为她对于现在正往下卸的破床烂桌感觉到羞耻。萨利也觉得难为情，但是他不得不去帮忙，和他父亲一同在那条小巷子里稀奇古怪地摆了一堆东西，破了产的人家的那些孩子就立刻在这一堆东西上跳来跳去，拿这家穷乡下佬开心。房子里面看起来更凄惨，完全像一个贼窟。墙壁粉刷得很坏而且潮湿，除了那间黑暗阴森的、摆列着早先本是血红颜色的桌子的雅座以外，就只有几间又小又坏的屋子，搬走了的那家住户到处留下令人灰心丧气的秽物和垃圾。

开始是这样，以后也就这样下去了。最初几个星期，尤其是晚上，还时常有满满一桌客人来，都是由于好奇，想看看这个庄稼老板，看看有没有什么好玩的。对老板，他们没有多少可看的，因为曼茨笨手笨脚，死死板板，既不和气，又郁郁不乐，一点也不晓得怎样行事，而且也不想晓得。他又笨又慢地把杯子斟满，没好气地放在客人们面前，想说些什么，但是一句都说不出。他太太现在倒更热心地兜揽起客人来，确实把客人们吸住了几天，可是和她所想的完全相反。这位胖墩墩的太太给自己拼凑了一套特殊的家庭服装，她自信穿上这个就有不可抵抗的魔力。她在一件本色的亚麻布乡下式裙子上配了一件旧绿绸子小上身，围上了一条棉布围裙，系上了一个破旧的白领子。把她那疏疏朗朗的头发在鬓角上绾起了一个个滑稽可笑的螺旋卷，在头后的小辫子上插了一把高高的梳篦，带着一种造作的媚态，扭扭捏捏，迈着跳舞步子走来走去，可笑地噘着嘴巴，好显得甜蜜些，她用有弹性的脚步跳到桌边，一面送上杯子或是盛咸酪饼的碟子，一面微笑着说："是这样吗？就这样！好极啦，好极啦，你们诸位先生！"以及诸如此类的蠢话。因为虽然她一向尖口利舌，现在却由于对这些生人感到陌生，以至于一句得体的话都说不出来。待在这里的那些极下流的塞尔德维拉人都用手捂着嘴，笑得要死，在桌子底下用脚踢来踢去，说道："天啊！这可真是个活宝！""一个天仙！"另一个人说，"要说瞎话天打雷劈！到这儿玩玩可真划得来，像这样的女人我们好久没见过了！"她丈夫分明理会到这种情形，就对她怒目而视，用拳头在她的肋骨上杵了一下，小声说道："你这老母牛！你这是干什么哟？""别搅我，"她没好气地说道，"你这老笨虫！你没看见我怎样卖力气吗？没看见我知道该怎么对付这些人吗？这些还不过是些像你一类的破落户！尽管让我搞下去，不久就要有更体面的顾客到这儿来了！"一两支细小的蜡烛照见了这一切情景。他们的儿子萨利却跑了出去，到那黑洞洞的厨房里，坐在灶台上，为他的父母痛哭失声。

　　但是顾客们不久就看腻了善良的曼茨太太供献给他们的这套把戏，就又到那些使他们觉得更舒服、并且可以拿这个怪酒店开心的地方待着去了。这里只偶尔才有个孤零零的顾客，喝上一杯酒，对着墙壁打呵欠，或者破天荒地来了一整帮客人，拿暂时的热闹喧哗骗骗这一家可怜人。他们在这狭窄的、几乎连太阳都见不着的墙角落里感觉烦闷不安，而曼茨从前曾经整天地在城里躺着，现在却觉得在这几堵墙中间过活是不可忍受的。他一想到空旷的田野，就愁眉苦脸地瞪着天花板或地板发愣，刚跑到狭窄的大门口，就又跑回来，因为街坊四邻都大张着嘴盯着这位已经被他们称为"凶老板"的店主。没隔多久，这家人便穷得精光，手里什么都没有了；要想吃点东西，就得等到有个顾客来，花很少的钱，换一点还算是现在的酒，但是他如果想要一根香肠或者诸如此类的东西，就常常弄得他们伤透脑筋。再过不久，他们连酒也只有在一个大瓶子里贮藏着的那一些了，这还是他们暗地里从另一个酒馆里装来的，于是他们现在就得做个没酒没面包的酒店老板，不吃正经饭，只讲和气生财。到后来简直只指望没有一个客人来才好，就这样在他们的小酒馆里蹲着，活也活不成，死也死不了。曼茨太太有了这些惨痛的经历，就又把绿色的小上身脱了下来，再度改变作风，正如从前她培养过几种女性的毛病，现在又培养起几种女性的美德来，因为已经到了生死关头了。她任劳任怨，想法扶助老的，教导小的；在各种事务上也多多地牺牲自己，一句话，她那一套作风已发生了一种良好的影响，这种影响固然达不到多远，也改善不了什么，但是比完全没有或者相反的影响总要好些，至少对于过日子是有帮助的，否则，这家人一定老早就垮台了。现在她能本着她的见识在琐碎的事情上出不少的主意，如果她的主意显然是毫无价值而且证明不灵，她也情愿受男人们的气，总之，她直等年纪老了才去做那些如果从前肯做成效就更大的事情。

　　为了勉强得到一点糊口的东西和消磨时间起见，父子两人就捉起鱼来，就是说，用钓鱼竿到河边许人垂钓的地方钓鱼。这也是塞尔德维拉人破产以后一个主要的勾当。每逢天气适于鱼儿就饵的时候，就看见这些人成"打"地带着钓鱼竿和桶溜达出城，如果顺着河的两岸走去，每隔一截就可以看见一个钓鱼的人蹲着。这一个穿着一件长长的古铜色便服，光着两只脚站在水里，那一个穿着一件溜尖儿的燕尾服，旧毡帽歪戴在耳朵上，在一棵老柳树上站着；再远一点，就有一个人穿着破烂的大花睡衣在那儿钓鱼，因为他再没有别的衣服可穿了，他一只手拿着长烟斗，一只手拿着钓鱼竿。沿着河水转一道弯，就看见有一个上年纪的、秃头大肚子的汉子，一丝不挂地站在一块石头上钓鱼。这个人虽然站在水边，两只脚却黑得令人以为他是穿着靴子。每人身边都有一个小罐子或者小盒子，里面有蚯蚓蠕动着，他们在不钓鱼的时候就经常去挖掘这种东西。每逢阴云四起，天气闷热阴沉，现出有雨的样子时，这些人数目就更多了，一个个纹丝不动地站在长流的河水旁边，像一画廊圣人和先知的画像一般。乡下人赶着大车毫不在意地从他们身边走过，河里的船夫也不向他们看一眼，他们却低声埋怨这些捣乱的船只。

假如在十二年以前，当曼茨赶着他那一套好牲口，在那座俯瞰着河岸的小山上耕地时，有人向他预言，说他有一天将会和这些古怪的圣人为伍，也像他们似的钓起鱼来，他准会气得了不得。就连现在他还是急急忙忙地从他们背后走过，奔向河水的上流，好像一个地狱里的冤魂，想在黑暗的水边找一个安逸僻静的地方以便领受永劫之苦似的。他和他儿子都没有这个拿着钓竿站着钓鱼的耐性，他们想起，每逢鱼儿活跃的季节，农人们常用许多别的方法去捉鱼，特别是用手在河里摸鱼；因此他们带着钓鱼竿只是做个样子，却顺着河岸向上游走去，他们知道那里有名贵的好鳟鱼。

这期间，留在乡下的马蒂，日子也越来越坏，又感觉生活极其无聊，于是放着他那块已经荒芜的田地不去耕种，也想出捕鱼这个勾当来，整天价在水里拨拉来拨拉去。他不许芙兰琴离开自己身边，一定要她在后头跟着，给他提着桶和渔具，穿过潮湿的牧场，涉过溪流和各种水塘，无论下雨晴天，都得要这样，同时她却不得不把家里最要紧的活儿搁下，因为他们家里再没有别人，事实上也用不着有别人，原来马蒂早已卖掉了大部分的田地，只剩下了很少的几亩，这几亩地，他和他女儿马里马虎地耕种着，或者简直可以说是一点都不耕种。

一天晚上，他正顺着一条深而急的河水走着，河里的鳟鱼跳得很欢，满天垂着含有雷雨的云层，他意想不到地遇见了他的仇人曼茨，正在对岸朝他这儿走来。马蒂一看见他，心里就涌起了一股可怕的怨气和轻蔑，他们已经许多年没有离得这样近过，除了在法庭的被告席上，那里是不许他们骂人的；马蒂现在就怒气冲冲地喝道："你在这儿做什么？你这狗东西！你不会在你那狗窝里蹲着吗？你这塞尔德维拉的穷狗！"

"你也马上就要来了，你这坏蛋！"曼茨喝道，"你也捉起鱼来了，所以你也不会耽搁多久的！"

"住嘴，你这该死的狗！"马蒂高声喊道，因为这里河水的波浪，呜呜地喧闹得更厉害了，"就是你害我倒了霉！"这时候河边的柳树也被刚起的大风吹得飕飕地大声响起来，曼茨便不得不用更大的声音喊叫："假如真是这样，我真开心，你这个穷光蛋！""啊，你这个狗东西！"马蒂隔着河向这边喊。曼茨就向那边喊道："你这个牛犊子，你真混蛋！"马蒂像一只老虎似的顺着河水窜来，要想过河，他之所以生气得更厉害，就是因为他认为曼茨做老板，至少还够吃够喝，并且还算是过着几分有意思的生活，他自己却老朽在那个破院子里，多么无聊，这实在太不公平。曼茨这时候也怒气冲冲地在对岸大踏步走着；他儿子跟在后头，但是并没听这场愤怒的口角，却好奇而且惊异地望着对岸的芙兰琴，她也跟在她父亲身后，由于害羞，眼睛瞅着地，鬈曲的棕发便都垂到她的脸上。她一只手提着装鱼的木桶，一只手拿着鞋袜，她的衣服，因为怕弄湿了，往上卷着，但是一理会到萨利正在对岸，就把衣服放了下来。现在便使她感受三重累赘和苦恼，因为她除了拿着所有那些用具以外，又得提着衣服，同时还不免为了这场口角心里难过。假如她抬起头来向萨利看一看，她会发现，他既不像早先那样神气，也不那样骄傲，而且也是够苦恼的了。芙兰琴就这样害羞地、心烦意乱地瞅着地上，萨利也只顾注视着这个在极端贫困中依然苗条秀美的人儿，看着她这样狼狈而柔顺地往前走着。他们都没有理会到，父亲们已经沉默了，但是却怀着更大的怒气向一座木板桥冲去，这座桥架在离这里不远的河上，现在一眼就能望见。天上打起闪电来，电光离奇地照亮了黑暗而凄惨的水景；灰黑的云里也响起沉闷的、隆隆的雷声，巨大的雨点落了下来。这时候那两个狂怒的人同时冲上了狭桥，桥在他们脚下直晃，两个人彼此抓住，举起拳头就朝那由于愤怒和迸发的悲伤而苍白颤抖的脸上打去。假如那些向来稳重的人，一时由于傲慢、不慎，或者是为了自卫，以至当着陌生人的面，打起人来或者挨几下子打，那就已经很不像话了；但是比起这两个彼此熟识已久的老头子，由于深仇大恨和全部生活历史演变的结果，而彼此赤手空拳地揪住互殴时所感到的这种深切的惨痛，那还不过是天真的儿戏而已。这两个白发苍苍的老头子现在就这样打起架来。也许在五十年前，在他们还是儿童的时候打过最末的一次架，以后在这五十年的时间里，谁也没有再用手碰过谁，除了在他们友好的时候，或许为了寒暄而彼此握过手；但是因为他们性格的冷淡自负，就连寒暄握手的次数也并不多。他们对打了一两下子以后，就停住了，气得浑身发抖，一声不响地搏斗起来，间或呻吟一下，都咬牙切齿地想把对方从咯吱作响的栏杆上摔到水里去。这时候他们的孩子也都赶来，正看到这悲惨的一幕。萨利一步跳到跟前，去援助父亲收拾他所痛恨的仇人，这个人似乎本来就是较弱的一个，眼看就要败倒了。这时候芙兰琴也扔下所有的东西，拉长声音喊了一声，跳到跟前，抱住她父亲，想保护他，可是这样倒妨碍了他，把他累住了。她满眶热泪，带着哀求的神情瞅着萨利，因为他也要去抓她父亲，想把他完全打垮。萨利这时不由得就抓住自己的父亲，用他那有力气的胳膊分开了他和他的对头，使他镇静下来。于是这场斗争就停了一小会儿，或者毋宁说是：这一堆人不住地冲过来冲过去，彼此不得开交了。两个年轻人因而更进一步挤到老人中间，更密切地接触在一起。就在这一刹那间，从云缝里透出了一道明亮的夕晖，照亮了他眼前这女孩的脸庞，萨利就对着这个熟识的、但是已经改变很多而且变得更美丽的面孔端详起来。芙兰琴在这一刹那也看到了他的惊异，在恐惧和泪眼模糊中，对他微微笑了一下。萨利因为父亲挣扎着想要摆脱他而清醒过来，鼓着勇气，一面苦苦哀求，一面表示坚决的态度，终于把父亲和敌人完全分开了。两个老头子都出了一口长气，一面各自走开，一面重新咒骂和叫嚷起来；孩子们却几乎一声不吭，安静得像死亡一般，但是在转身离别的时候，却背着两个老人，彼此匆匆地握了握被鱼和水弄得又凉又湿的手。

当双方怒气冲冲地各自走开的时候，云又合拢来，天越来越黑，大雨像河水似的从空中落下。曼茨在漆黑潮湿的路上蹒跚地在前面走着，被倾盆大雨淋得低着头、弯着腰，两手插在裤袋里，脸皮还在颤动，牙齿还在发抖，听任眼泪暗暗地流入他的短硬的胡须里去，免得给人看出来。但他儿子什么都看不见，因为他一面走，一面沉迷于幸福的幻影中。他既没有理会到雨，也没有理会到风暴；既没有觉到黑暗，也没有觉到悲惨，身心内外都轻松，明朗，温暖，觉得自己富足安乐，犹如一个王子一般。他一直还看见眼前那美丽的面孔上的一刹那的微笑，现在过了好半个钟头，他才去报答这一微笑，怀着无限的热爱向着夜色和风雨，向着那心爱的面孔笑起来。这个面孔到处从黑暗中浮现在他面前，他仿佛觉得，芙兰琴在路上一定也看见了他这一笑，而对之心领神会了。

第二天他父亲像是垮了，不肯出门。这一场争吵和多年的贫困都在今天呈现出一种新的、更加分明的形象，阴森森地展开在小酒馆的窒闷的空气里。夫妇俩无精打采、胆怯心虚地绕着这个鬼影子打圈圈，从客堂里转到那几间小黑屋子里，从那儿转到厨房里，又从这儿回到了客堂里，在这间客堂里连一个客人的影子都看不见。最后他们就各自蹲在一个角落里，开始了一场疲倦无力、半死不活的口角和责骂，闹了一整天，有时候吵闹着就睡着了，睡着以后又为令人不安的昼梦所磨难，这些噩梦来自良心深处，把他们重新惊醒。而萨利对于这种情况一点都没有听见，也没有看见，因为他只想着芙兰琴。一直觉得自己仿佛不仅是富不可言，而且还学到了什么正经学问，知道了无穷无尽的"美"和"善"，因为他现在对于昨天所看到的事物，了解得这样清楚，这样确切。这种知识，在他看起来，好像是从天上掉下来的，因而他心里不断地感觉又惊又喜；同时他又觉得，这个使他充满了如此奇异的甜蜜之感的东西，仿佛是他早已知道而且熟识似的。因为什么都不如一种幸福那样丰富，那样不可思议，这种幸福带着如此清楚的形象来到人们跟前，而且还受过牧师的洗礼，完全具有它自己的名字，听起来与其他的名字迥然不同。

这一天萨利觉得自己既不懒惰，又不倒霉，既不贫穷，也不失望，倒可以说是十足的忙，忙于回想芙兰琴的面容和身段，一点钟一点钟地过去，想个不停；在这种兴奋的活动中，他却几乎完全捕捉不住他所思念的对象，那就是说，他心里觉得，他现在对于芙兰琴的模样还是不十分明确，他心里固然记得她一个大概的影子，但是要让他描写一下，他却描写不上来。他总看见这个影子，仿佛站在自己面前，并且感觉到它给了自己一种快意的印象，然而他看见这个影子，就像是看见某种我们仅仅见过一次的东西一样，虽然受着它的吸引，可是对它到底还是不认识，他非常高兴，他对于那个小姑娘从前的模样还记得清清楚楚，可是就想不起他昨天看见的她那副模样来。假如他永远不得再见芙兰琴的话，他的记忆力一定也要设法把这副心爱的面孔好好地对在一起，使它分毫不差。但是现在记忆力却狡猾起来，固执地拒绝尽它的职责，因为眼睛在要求它们的权利和快乐了。当下午，温暖明亮的太阳照到黑房子的顶层时，萨利踱出了家门，向着他的故乡走去。现在他第一次感觉这故乡是天上的耶路撒冷，有十二座放光的城门，当他走近它的时候，他的心也激动得怦怦地跳起来了。

他在路上碰见了芙兰琴的父亲，像是要进城去的样子。那副模样非常癫狂落拓，苍白的胡须已经好几个星期没有刮过，看起来就像一个很坏的破落的农人，把自己的地亩糟蹋光了，现在要去祸害别人。但是当他们彼此走过的时候，萨利不再怀着憎恨，反而充满了恐惧和敬畏，向他瞅了一下，仿佛自己的性命就操在他的手里，宁可向他哀求饶命，不愿以强横态度取得生路似的。马蒂却狠狠地从上到下打量了他一眼，就走开了。这倒正合萨利的心意，他目送这老头子离开了村子，心里就越明白，自己到那儿去实在是为了什么；他顺着早就熟悉的小路，绕着村边，穿过村里偏僻的小巷子，偷偷地走着，一直走到马蒂家的院子前面。他已经好几年没有在这样近处看过这个地方了；因为就当他们还在这村里住的时候，这两家仇人也各自当心，不侵入对方的范围。所以现在他对于这里的情形感觉惊讶，虽然这种情形他在自己家里也早已经历过了；他对着眼前那一片荒凉景象目瞪口呆地出起神来。马蒂的地亩已经一块跟着一块地抵押出去，剩下的只有这所房子，房子前面的空地，一小片园子和河边高岗上那一块地——对于这一块地他死心眼儿，非到万不得已决不放弃。

　　但是这块地里再也谈不到什么正常的耕种了，从前这里一到收成时节就掀起那么整齐均匀的、美丽的麦浪，现在却把各种各样的烂渣渣的陈种子，都从旧匣子和破纸袋里倒出来，扫在一起种上，长出一些萝卜、白菜以及诸如此类的东西，另外还有一些马铃薯，弄得这块地看起来像一个乌七八糟的菜园，又是一个奇奇怪怪的样本，专为吃了这顿没那顿的日子而设计的；一到饿了，没有更好的办法可想时，便可以在这儿拔一把萝卜，在那儿拔一提溜马铃薯或是一棵白菜，剩下的就随它去，爱长就长，爱烂就烂。并且什么人都可随便在这里跑来跑去，把这块又美又宽的田地弄得简直就像当年那块成为一切灾祸之源的无主之田的样子。因此这所房子周围也看不见一点种庄稼的痕迹，马棚是空空的，门扇只在一个铰链上挂着，无数的蜘蛛——过了一个夏季，已经长得相当大了——把蛛网张在黑洞洞的门口外面，对着阳光发亮。仓房门大开着，早先把地里的收成运到这里，现在却挂着破旧的渔具，给荒唐的水上营生作个证明；院里连一只母鸡、一只鸽子、一只猫、一条狗都看不见；只有那个泉眼还在，算是一件有生机的东西，但是泉水已不在管子里流了，却从挨着地面的一道裂缝里溢出来，积成一处处小水涡。于是，这个泉眼就成了懒惰的最好的象征。因为虽然芙兰琴的父亲费不了多少事就可以把这个窟窿堵住，把管子修理好，可是他就是不肯，使得芙兰琴现在不得不受这样的罪：连干净水也得从这一塌糊涂里去汲取，洗东西呢，也在地面上的浅水涡里，而不在那个已经干得裂了缝的水槽里。房子本身看起来也是一样的糟糕；窗子有许多地方破了，用纸糊着，但是仍然算是这一片败落景象中最惬意的东西——因为就连残破的玻璃也都洗得干干净净，而且仔细擦过，亮晶晶的，像芙兰琴的眼睛一般，这明亮的眼睛也弥补了她在贫苦中缺乏华服美饰的遗憾。正如鬈曲的头发和橙黄的棉布围巾配上芙兰琴的眼睛非常合适一样，房子周围蔓延着的绿油油的野生植物——临风摇曳的成丛的豆类，还有一大片芬芳的橙黄墙花——配上明亮的窗子也非常合适。豆子到处繁茂蔓延，这儿靠着一根耙柄，或是一支倒插在地里的秃扫帚把，那儿绕在一支锈烂了的戟上——这件东西是芙兰琴的祖父做骑兵上士时携带的，那时候叫作短枪，现在由于急需，把它插在豆子畦里了；另一棵豆子又快活地爬上一个在房檐上靠了不知道多少年月、被风雨侵蚀坏了的梯子，又从那儿倒垂到明亮的小窗子上去，正如芙兰琴的鬈发垂到她的眼睛上去一样。这所宅院与其说适于居住，毋宁说富有画意，它相当偏僻，没有近邻，并且这会子哪儿也看不见一个人影；因此萨利就放心大胆地倚在距离这里大约三十步远的一个老仓房边，目不转睛地向这所寂静荒凉的房子注视起来。他就这样靠着墙注视了好大一会儿，后来芙兰琴也来到大门口，向前面凝望了许久，像是把全部心神集中在一个目标上似的。萨利一动也不动，眼睛死盯着她。最后她偶然向这个方向一看，就立刻发现了他。他们对看了一会儿，仿佛在观察一种海市蜃楼似的，最后萨利直起身来，慢慢地穿过街道，穿过院子，朝芙兰琴走去。等他走到了那女孩子跟前，她就向他伸出手来，说道："萨利！"他攥住她的手，对着她的脸瞅个不休。她被他瞅得满面通红，眼里涌出泪来，说道："你来这儿做什么？""就是来看你！"他回答说，"我们不能再做好朋友吗？""可是我们的父母呢？"芙兰琴问道，一面把沾着泪水的脸扭过去，因为她两只手占着，不能遮脸。"他们自作自受，怨得着我们吗？"萨利说，"如果我们俩团结在一起，彼此很要好，或许还能够补救这种不幸的情况呢！""那是永远不会有好结果的，"芙兰琴深深地叹息了一下，答道，"看上帝的面，走你的吧，萨利！""你一个人在家吗？"萨利问道，"我可以进去一会儿吗？""父亲说，他进城跟你父亲找麻烦去了；但是你进来可不行，因为过一会儿你也许就不能像现在这样神不知鬼不觉地走开了。趁着四周还静悄悄的，路上没有人，我央求你，现在就走吧!"

"不，这样我不走，从昨天起，我就不由得总在想你，我不能就这样走开，我们得谈谈，至少谈上半个钟头或者一个钟头，这会对我们有好处的!"芙兰琴沉吟了片刻，然后说道："傍晚我要上我们那块地里去拔点菜，你一定晓得是哪一块地，我们就只有这一块了，我晓得那里不会有人，因为人们正在别处收割庄稼；你要是愿意的话，就到那里去吧，但是现在你先走开，当心不要让人家看见你!虽然这里再也没有什么人和我们来往，可是他们会乱讲闲话，立刻就会给父亲听到的。"他们彼此把手放开，当下却又攥住了，两个人同时说道："你过得好吗?"但是谁都不回答，却把同样的话重问一遍，只有那能言的眼睛做了答复，因为他们和所有的爱人们一样，再不能运用语言来传达了。最后他们什么都没有说，就半忧半喜地猝然分开。"我很快就出来，你马上就去吧!"芙兰琴还在后面喊。

萨利立刻出了村子，走上那座寂静幽美的高岗。岗上依然伸展着那两块田地，七月的太阳庄严寂静地照耀着，浮动的白云在麦田上空飘过，成熟了的麦子翻着波浪，闪光的蓝色的河水，在岗下起伏地流着。这一切多年来第一次不再使他苦恼，而重新使他充满了幸福和满足，他在麦田和马蒂家荒地的交界处，在稀疏的麦子荫凉里躺下，快活地凝望着天空。

虽然几乎不到一刻钟的工夫，芙兰琴就来了，虽然萨利除了想自己的幸福和这一幸福的名字以外，别的什么都没有想，可是当她站在他面前，向他低头微笑时，他还是觉得有点突如其来，意想不到似的，因而又惊又喜地跳起来。"小芙兰琴!"他喊道，她一声不响，微笑着把两只手伸给了他，他们就手拉着手，顺着沙沙作响的麦子走下去，直到河边，又走回来，也没讲多少话；他们沉默、快活、安静地走了两三个来回，于是这一对心心相印的爱人也像一个星座似的，越过阳光煦煦的拱形的岗顶，沉没到岗后去了，正如当年他们的父亲们稳稳地耕着地前进时一样。可是一会儿他们的眼睛离开了他们注视着的蓝矢车菊，往上一瞧，突然看见有一颗黑星在他们前头走着——一个黑汉子，他们不晓得他怎么会意想不到地到这儿来的。他准是在麦子里藏着的。这时芙兰琴吓了一跳，萨利也吃惊地说："那个黑琴师！"在他们前头走的那个汉子，胳肢窝里确实夹着提琴和弓，并且看起来也真够黑的；除了一顶小黑皮帽和他穿着的那件沾满煤烟的黑上衣以外，他的头发和没有剃过的胡须也都是乌黑的；他的脸和两只手也都弄得漆黑；因为他耍各种手艺，主要是补锅，此外还给在林子里烧炭的和熬沥青的人们帮忙，只有当农人们在某个地方娱乐和庆祝什么节日的时候，他才带着提琴出来，做一笔好生意。萨利和芙兰琴像耗子似的悄悄地跟在他后头，以为他会头也不回地离开这块地，走得没踪没影的。看起来也真是这种情形，因为他做出仿佛一点都不理会他们的样子，加上他们又被一种奇异的魔力支配着，不敢离开这条狭窄的小路，就不由得跟着这居心叵测的汉子，一直走到田地的尽头，那座毫无道理的石头堆还摆在这里，遮盖着那块依然争执未决的小地角。无数的罂粟花或虞美人草已经在上面繁殖起来，因此这时候这座小山看来是火红火红的。黑琴师忽然把身子一纵，上了这披了红的石头堆，转过身来向四下里瞧着；这一对青年人愣住了，狼狈地往上瞅着这黑汉子；原来这条路直通村里，他们当然不能从他身边走过去，可是他们又不愿意从他眼前打回头。他严厉地注视着他们，喝道："我认识你们，你们是偷我这块田地的人家的孩子，我高兴看见你们过这样的好日子，我一定还看得见你们在我面前走上无常之路！瞅一瞅我呀，你们这两个小麻雀！喜欢我这个鼻子吗？怎么样？"他的确有个吓人的鼻子，像个大曲尺似的从他那枯瘦的黑脸上突出来，或者实在说还更像一根结实的棍棒，插进这个面孔里去了；鼻子下面有一个小圆窟窿似的嘴，古里古怪地噘着皱着，不住地往外喷气，吹口哨，咝咝地响。还有那顶小皮帽，看起来也非常古怪，既不圆，又不方，做得那么特别，虽然纹丝不动地在头上戴着，却仿佛每一刹那都在变样。这汉子的眼睛除了白眼珠以外，几乎什么都看不见，因为瞳仁滴溜滴溜地像闪电一般转个不停，如同两个兔子顺着锯齿形的路线跳来跳去似的。"瞅一瞅我呀！"他接着说，"你们的父亲都很熟悉我，这村里无论哪个人，只要瞅瞅我的鼻子，都知道我是谁。几年前他们宣布过：有一点钱准备发给继承这块田地的人；我申请过二十次，可是我没有洗礼证和籍贯证明书，我的朋友们——那些看见我出生的流浪人——的证明又没有法律上的效力，所以限期早就过了，我没有拿到这几个铜板，拿到这个我老早就可以迁移出境了。我央求过你们的父亲去给我做证，就说，凭他们自己的良心得认为我是正当的继承人；可是他们把我从院子里赶出去了。现在他们自己也都变成穷鬼啦！总而言之，世事就是如此，我倒也无所谓，如果你们想跳舞的话，我还会给你们拉提琴呢！"说了这话，他就从石头堆的那一边跳下来，奔向村里去了。那里，傍晚的时候，人们把丰富的收成运进仓里，因此都兴高采烈。当他走得看不见了，这一对年轻人就非常灰心丧气地在石头上坐下；他们把互相拉着的手放开，用它来支持忧思沉重的头。琴师的出现和他那一番话，把他们俩从方才孩子似的来回荡着时那种幸福的、忘怀一切的境界中拖出来了，现在一坐在穷困的实地上，明朗的生命的光辉就黯淡下来，他们的心情沉重得像石头一样。

芙兰琴无意中想起了那琴师的怪样子和他的鼻子，不由得突然高声大笑起来，喊道："那个可怜的汉子，样子可太滑稽啦，好难看的鼻子啊！"同时有一种极可爱的、明媚得像阳光似的喜悦，布满在女孩的脸上，仿佛她专等着琴师的鼻子来冲散那一团愁云似的。萨利瞅着芙兰琴，看出了她这种喜悦。她倒忘了喜悦的原因，只图自己快活而对着萨利的脸直笑。萨利惊讶得目瞪口呆，也不由得笑起来，一面注视着她的眼睛，如同一个饥饿的人看到一块香甜的白面包一样，喊道："天啊！小芙兰琴，你多么美呀！"芙兰琴倒对他笑得更加厉害了，还从她那银铃似的喉咙里发出几声短促的、撒娇的笑声，这在可怜的萨利听来，完全和夜莺的歌声一样。"嗬，你这小鬼！"他喊道，"你从哪儿学的这个？你在玩什么妖术啊？""哎哟，我的天！"芙兰琴用柔媚的声音说，一面拉住他的手，"那并不是什么妖术！我早就想笑一笑啦！我自个儿固然也曾经为了什么而忍不住笑起来，但那并不是真正的笑；现在我只要一看见你，就想对着你笑了。我真巴不得老看见你才好！你也有点喜欢我吗？""噢，小芙兰琴！"他说，一面诚心诚意地呆望着她的眼睛，"我还从来没有瞅过一个女孩子，总觉得有一天我会爱上你，我不由得不知不觉地一直把你放在心里！""我也一直把你放在心里，"芙兰琴说，"而且还大大地超过你对我的程度；因为你从来没有瞅过我，不晓得我变得怎样了，我可常常从远处，甚至还暗地里从近处好好地端详过你，所以一向晓得你是什么样子！你还记得，我们小时候到这儿来过多少回呀！你还记起那个小车？那时候我们多么小啊！那已是多久以前的事了！人们准认为我们已经很大啦！""你现在多大了？"萨利心满意足地问道，"你准是十七岁吧？""我十七岁半啦！"芙兰琴回答道，"你呢？不用说，我已经知道了，你快要二十岁了吧？""你怎么知道的？"萨利问道。"难道我肯告诉你！""你不肯说吗？""不！""一定不？""不！不！""你就得说！""莫非你想强迫我吗？""我们瞧着吧！"萨利一面扯着这些傻话，一面让两只手忙着，以笨拙的抚爱方式，来捉弄那美丽的女孩子，看起来就像是一种惩罚似的。她一面抵抗，一面也很耐心地把这无聊的口角继续下去。因为这玩意虽然空洞，在他们俩看起来，却是很妙，很甜蜜的，到后来萨利闹急了，就大胆地抓住了芙兰琴的手，把她按倒在罂粟花丛里。现在她躺在那儿，眼睛给阳光刺激得不住地眨着，两颊红得像胭脂似的，嘴半张着，露出两排雪白的牙齿。两道黑眉毛美妙地连在一起，青春的胸脯在一边抚摩一边抗拒的四只手的混战之下，毫无顾忌地起伏着。萨利看见这苗条秀美的人物躺在自己身边，并且知道她属于自己，心里真有说不出的喜欢，觉得她就是一个王国。"你那一套雪白的牙齿还和从前一样呢！"他笑道，"你还记得，我们从前数过它多少回呀？你现在会数了吗？""这不是从前那一套了，你这傻孩子！"芙兰琴说，"那些个早已换掉了！"萨利孩子气上来，再要玩一玩这个把戏，数一数那些亮得像珍珠似的牙齿；芙兰琴却忽然闭上了朱红的嘴唇，坐起来，着手编制一个罂粟花冠，然后戴在头上。这花冠编得又密又宽，给这褐色皮肤的小姑娘添了一种奇异迷人的风姿，于是穷苦的萨利就把富人们要出重价才仅仅能够画在墙上来欣赏的人物拥抱在怀里了。现在她却又跳起来，喊道："天啊，这儿多么热呀！我们傻子似的在这儿坐着，让太阳给烤焦吗？来吧，亲爱的！我们到那高高的麦子里去坐坐吧！"他们轻轻地、灵便地钻了进去，几乎一点痕迹都没有留下；他们在金黄的麦穗当中给自己造了一个狭窄的牢狱，坐在里面，麦穗直挺挺的，高过他们的头部，使得他们除了头上蔚蓝的天空之外，看不见世界上任何别的东西。他们当下就彼此拥抱，接起吻来，吻了那么久，直到他们暂时疲倦了，或者也可以说，两个爱人接吻的热劲儿过去了一秒钟或者两秒钟，就在那沉醉的时光，使人预感到人生的变幻无常。他们听见云雀高高地在头上唱歌，就用他们锐利的眼睛去寻找，每逢他们自以为瞥见了一只云雀在太阳光中闪过，如同一颗在深蓝的天空突然放光或陨落的流星似的，他们就又用接吻作为报酬，并且尽可能地设法互相逗弄，互相占便宜。"你瞧，那儿有一只闪了一下！"萨利小声说道。芙兰琴也轻轻地回答道："我听是听见了！可是看不见它！""一定看得见，你看，就在那一小块白云那儿，稍微偏右一点。"两个人就急切地望过去，起先他们都张着嘴，像窠里的小鹌鹑似的，等到他们想象已经看见云雀的时候，他们的嘴就立刻紧贴在一起了。芙兰琴忽然停住，说道："那么说，我们每人都有了一个爱人，这件事已经不成问题啦，你也这样想吗？""是啊，"萨利说，"我可不是也这样想！""那么，你觉得你的爱人怎么样啊？"芙兰琴说，"她是一个什么样的东西呀？关于她你有什么可以谈的？""她是一个非常标致的东西，"萨利说，"她有两只褐色的眼睛，一张红红的嘴，用两只脚跑路；但是对于她的心，我所知道的比对于罗马教皇还少！你关于你的爱人有什么可谈的呢？""他有两只蓝眼睛，一张无用的嘴，使着两条莽撞有劲的胳膊；但是我对于他的思想，比对于土耳其皇帝还不了解！""本来也是,"萨利说,"我们彼此知道得的确很少,真仿佛没有见过面似的,自从我们长大以来,这悠长的年月使得我们如此生疏了!亲爱的孩子,你的脑子里起过什么念头呢?""哎!不多!千百个愚蠢的念头想动起来,但我的日子一直是这样愁苦,使得它们想动也动不起来!""你这可怜的小宝贝呀,"萨利说,"可是我相信,你是外面老实心里机灵的,是不是啊?""如果你很爱我,你慢慢就会知道我的!""假若有一天你成了我的妻子?"芙兰琴一听见最后这句话,就微微地发抖,把身子更紧地贴到萨利的怀里,重新温柔地吻了他许久。她一面吻他,一面眼里含着泪,他们俩突然难过起来,因为想起了他们没有希望的前途和他们父母中间的仇恨。芙兰琴叹了一口气,说道:"起来吧,现在我得走啦!"他们就站起来,手拉着手,走出麦田去,一眼就看见芙兰琴的父亲,正在前面刺探他们。原来他自从遇见了萨利,就一直以他那种穷极无聊的小心眼儿在那儿揣测,到底萨利独自到村里来干什么。他一面继续在城里溜达着,一面回想昨天那件事情;纯粹由于怨恨和无聊的恶意,他终于碰对了正确的线索;猜疑一有了明确的目标,他立刻就从塞尔德维拉的街巷里弄中掉过头来,快步出城,回到村里,在屋里院里和四周的篱笆里寻找他的女儿,可是哪儿都找不着她。他的好奇心越来越大,就跑到村外田里去找;看见芙兰琴拔菜时常用的那个篮子在那儿搁着,人却不见了,他便沿着邻家的麦地四下里刺探起来,正在这个时候,孩子们从麦地里惊慌失措地走了出来,不禁大吃一惊。

他们站着不动,仿佛化成了顽石似的,马蒂起初也站在那儿,狠狠地盯着他们,面色变得像铅一样灰白;接着就开始指手画脚,破口大骂起来,样子可怕极了,同时还怒气冲冲地伸手去抓那小伙子,想把他掐死;萨利看他来势汹汹,吓得往后一闪,退了好几步。可是这老头子现在不来抓他,却抓住那浑身发抖的女孩子,给了她一个嘴巴,把红花冠给打落了,还把她的头发绕在手上,想把她拉走以后再狠狠地揍她一顿。萨利一看见这情景就又立刻跳上前去,一半为芙兰琴着急,一半因为一时的气愤,他想都没想就抓起一块石头,照着老头子的脑袋打去。马蒂微微晃了一晃，就昏倒在石头堆上，把那尖声惨叫的芙兰琴也给拖倒了。萨利当下还从那不省人事的人手里抽出她的头发，把她扶起来，随后就茫然失措地站在那儿，像个雕像一般。那女孩子看见她父亲躺在那儿像死了一样，就拿两只手摸着自己灰白的面孔，浑身颤抖着说道："你把他打死了吗？"萨利一声不响，点了点头，芙兰琴就惨叫道："哎呀！上帝呀！我的上帝呀！是我的父亲哪！可怜的人啊！"说着就疯了似的倒在他身上，搬起他的头来一看，头上却没有血流出来，她就又把头放下，萨利在这人的那一边坐下，两个人都瘫痪着双手，一动也不动的，眼睛盯着那毫无生气的面孔，静悄悄的像坟墓一般。为了打破僵局，萨利最后说道："他准不会一下子就死了吧？这也真说不定！"芙兰琴扯下一个罂粟花瓣，放在那灰白的嘴唇上，花瓣就微微地动起来。"他还有气儿呢，"她喊道，"快跑到村里去求救吧！"萨利跳起来，正要跑，她又在后面向他伸手，喊回他来说："你可别跟着回来了，也一点别提事情是怎样发生的，我决不说出来，一定不让人家从我这儿探出一点消息！"她把脸转向那可怜的、心里没了主意的男孩子说，说的时候，难过得泪流满面。"你来，再亲我一下，不，走吧，你走开吧！完了，永远完了，我们不能到一起了！"她把他推开，他就不由自主地向着村里跑去。路上碰见一个不认识他的儿童，他就托付这个儿童去把距离最近的人喊来，并且把需要救护的人的地点明确地告诉了他，然后就灰心绝望地走开，在树林里迷惘地徘徊了一夜。早晨他偷偷地跑到田里去，想打听情形怎样了；从早起的人们的彼此交谈中，他听说马蒂还活着，可是不省人事，而且说这是一件怪事，因为谁都不晓得他碰到了什么意外。萨利这才返回城里，在阴暗凄凉的家里隐藏起来。

芙兰琴对他保守信约；除了说她发现她父亲就是这个样子之外，别的从她那儿什么都问不出来；第二天，马蒂固然还是人事不省，可是已经能转动、能呼吸了，况且又没有人起诉，大家便认定他是喝醉了酒，自己跌倒在石头上的，也就不再追究这件事情了。芙兰琴除了到医生那儿去拿药，或是给她自己做个薄汤以外，便左右不离地服侍着他；因为她黑夜白日地守着病人，又没有人帮她的忙，弄得她几乎好几天都不曾吃过东西。病人虽然早已饮食如常，在床上躺着，他的精神也相当好，可是一直到六个星期之后，他才渐渐恢复了知觉。不过他现在恢复的并不是旧日的知觉，相反地，他说话越多，就越明显地表示出他成了一个呆子，而且发呆的方式还很奇怪。他只模模糊糊地记得这次事故，并且好像觉得那是一件非常开心的事情，与自己没有什么特别关系似的。他总是嘻嘻地傻笑，快活得很。还没起床的时候，他就讲出一大堆又愚蠢又荒唐的无聊话和异想天开的事情，并且还闹傻样，把头上黑绒的尖帽子拉到眼睛和鼻子上去，使他的鼻子看起来就像一口罩上柩衣的棺材。苍白憔悴的芙兰琴耐心地听着他说，不禁因为他的痴呆而伤心落泪，这比他从前的横暴还更使这可怜的女儿苦恼；可是有时候老头子做出一件过于滑稽的事情，她也禁不住在愁苦中大声笑起来，因为她的被压制的本性，像一张拉开了的弓，随时准备着弹回去，但跟着却又引起一阵更深的悲哀。老头子一能起床，芙兰琴对他就没了办法：他干的没有一件不是傻事，一面笑，一面在房子周围团团转，或者在太阳地里坐下，伸出舌头，或者对着豆棵子做长篇演说。

这时候他旧日家产的那一星半点的残余也都光了，情况糟糕到了这样的地步，就连他的住宅以及已经抵押了好多时候的最后那一块田地，现在也都得依法卖掉了。因为买了曼茨那两块田地的那个农人，乘着马蒂一败涂地又是大病的当口，迅速地了结了这一场由于争夺一块有石头堆的地头而打起来的老官司。这场官司一输，就把马蒂的桶完全卸了底，但是他疯疯癫癫的对于这些事情再也不知道了。拍卖举行过了；马蒂由教区公费收容在一个专为这类可怜虫成立的养老院里。这个养老院设在这小地方的要冲；人们把这健康贪食的呆子喂得饱饱的，然后载在一辆牛车上，这辆车由一个贫苦的农人赶着，他还要顺便进城去卖掉一两口袋马铃薯。芙兰琴挨着她父亲坐在车上，伴送他做这最后一次到活坟墓里去的旅行。这是一个凄惨愁苦的旅行，芙兰琴却经心地守着她父亲，

不让他缺少什么，每逢他们的车子经过什么地方，那不幸者的怪把戏引起了人
们的注意，跟在车子后头跑起来，她也不回头看，也不烦躁。最后他们到了城里
一所大厦前头。这里住着一批和他一样的呆子，把所有的长廊、院落和一所快
意的花园弄得热闹非凡。这些人都穿着白褂子，冥顽不灵的脑袋上戴着耐久的
小皮帽。马蒂一到，当着芙兰琴的面就给他穿上了这种服装，他因此高兴得像
个孩子似的，一面唱着，一面来回地跳舞；"上帝保佑你们哪，体面的先生们！"
他向他的新伙伴们打着招呼说："你们这房子真漂亮！回家去吧！小芙兰琴，告
诉你妈，我再也不回家了！我实在是喜欢这个地方！嗳嗨！一只刺猬爬过了篱
笆，我听它一边叫一边爬，啊，小姑娘，要吻就吻小伙子，别吻任何一个老家
伙！是条水儿都流入莱茵河，那个青梅眼睛的姑娘一定得属于我！小芙兰琴，你
这就走吗？你像死在锅里一样，我却是这么快活！母狐狸在地里叫唤：哎哟，哎
哟！她心里好难过哟！吼吼！"一个管理员叫他安静些，随后带领他去干一件轻
活，芙兰琴就出去找那辆车子。她坐在车上，掏出一块面包来吃；然后就躺在车
上，一直等到那个农人来了，和他一同坐车回去。他们很晚才到村里。芙兰琴就
回到自己家里，她是在这个地方生的，现在却只许她留上两天了。这是她有生
以来第一次完全孤独地留在家里。她生了一个火，好把她仅有的那一点点残余
的咖啡煮上，然后就在炉台上坐下，她心里十分难过，只盼望再见萨利一面，盼
得她都憔悴了；她想他想得厉害；但是忧愁和烦恼使相思更苦痛，相思又使忧
愁更加沉重。她正在两手托腮坐着的时候，有人从敞着的房门走进来。"萨利！"
芙兰琴抬头一看，喊道，一面搂住他的脖子；随后两个都吃惊地看了看对方，喊
道："你的脸色多么坏呀！"原来萨利的脸色也苍白消瘦，跟芙兰琴不相上下。
她什么都忘了，把他拉到炉台上让他坐在自己身边，说："你是生过病呢，还是
也有了什么不幸的遭遇？"萨利回答道："不，我什么病都没有，就是想你想得
要命！我家里现在生活得可阔绰啦；父亲窝藏了外来的流氓，据我的观察，我相
信他已经成了窝主了。所以只要不出事，我们酒馆里一时是财源茂盛的，直到

一个可怕的结局来到才算完。母亲也帮着搞，她是因为死贪便宜，就想把家弄得像样些，并且认为经过她的一番监督和安排，还可以把这不法的勾当弄得妥当有益呢！大家不来问我，我呢，对于这些事也顾不过来；因为我黑夜白天地只想着你。既然有各种各样的流浪人在我们那儿住宿，我们天天都听得到你们家的消息，我父亲为这个乐得像个小孩子似的。今天你父亲给送进了养老院，我们也听说了；我想现在就剩下你一个人啦，我就来了，想看看你！"芙兰琴现在也把她受过的压迫和痛苦，全盘说给他听，可是用的是那样一种轻松亲切的口吻，仿佛是在描写一桩伟大的幸福似的，由于萨利在自己身边，她确是感到幸福。同时她也勉强凑了浅浅的一碗热咖啡，硬要她的爱人和她一同喝下。"那么，后天你就得离开这儿吗？"萨利说，"你到底该怎么着呢？""那我可不晓得，"芙兰琴说，"我得出去给人家干活！可是没有你，我受不了，我却又永远得不到你，就算没有别的原因，单单因为你打得我父亲成了呆子这一层就不行：这件事会使我们的婚姻建立在一个坏基础上，我们俩心里永远不会坦然，永远不会的！"萨利叹息道："我也已经成百次想要去当兵，或者到一个陌生的地方给人家扛活去，但是只要有你在，我还是舍不得走开，走了以后，也会把我折磨死的。我现在觉得，穷苦使这爱你爱得更热烈更痛苦了，我这样不顾死活地爱你，连我自己都不懂为什么会这样的！"芙兰琴脉脉含情地微笑着瞅着他；他们把身子靠在后面墙上，不再讲话，默默地沉浸在这种超越一切愁苦的幸福之感里：彼此真心相爱，又明白自己为对方所热爱。他们就这样安安静静在那不舒服的炉台上睡着了，没有枕头，也没有褥子，却睡得那么香甜安稳，好像两个孩子睡在一个摇篮里似的。黎明的时候，萨利先醒了，尽可能轻轻地唤醒芙兰琴，但是她一再睡眼蒙眬地倒在他身上，不肯醒来。他便热烈地亲她的嘴唇，芙兰琴这才惊醒了，眼睛睁得大大的，一看见萨利，就喊道："天哪！我方才还梦见了你！梦见我们在结婚那天一同跳舞，一连跳了好几个钟头！我们是那样幸福，打扮得干净整齐，什么东西都不缺少。到末后我们想要接吻，心里很着急，可是老是有什么东西把我们扯开，现在才知道，搅扰我们阻碍我们的原来是你！但是多么妙啊，你真就在这里呢！"她急切地搂住他的脖子，就和他接起吻来，仿佛永远没个完似的。"那么，你梦见了什么呢？"她抚摩着他的脸蛋和下巴，说道："我梦见我顺着一条很长的路穿过一个森林，总也走不完。而你呢，老是远远地在我前头走着，有时回头望一望我，笑着向我招呼，我就高兴得像在天国里一样。我梦见的就是这些！"他们走到敞开的、直接通往野外的厨房门口，面对面一看就忍不住相视而笑。原来芙兰琴的右脸和萨利的左脸，因为睡觉的时候互相贴着，压得很红，另外两边呢，因为受了夜里凉气的侵袭，更加苍白了。他们轻轻地揉着那又凉又苍白的半边脸，为的是把它也弄得红红的；凉爽的清晨的空气，这含着露水的宁静的环境，以及初升的朝霞，都使他们忘情地快活起来。尤其是芙兰琴，仿佛是被一个快活的精灵主宰着。"明天晚上我就得搬出这所房子了，"她说道，"另找个安身的地方。可是事先我要好好地开一开心，只有这么一次，并且同你一道；我要痛痛快快地和你跳舞，无论在哪儿都行，因为我心里总忘不了梦里那一次跳舞！""无论如何，我也一定跟着，看你上哪儿去，"萨利说，"并且，亲爱的孩子，我也很愿意和你一起跳舞啊！可是在哪儿跳呢？""离这里不很远，有两处地方明天有庙会，"芙兰琴回答道，"那里很少人认识我们，也不会怎么注意我们；我在村外河边上等着你，然后我们就可以到我们愿意去的地方去开心，就去一次，只去这么一次！但是，天哪，我们真是一个钱都没有啊！"她又悲哀地接着说，"所以还是去不成啊！""你别管，"萨利说，"我准带些钱来！""可不要从你父亲那儿拿，不从——不从偷来的那些钱里头拿呀！""不，你尽管放心好了！我一直还保存着我的银表呢，我要把它卖掉。""我不想劝阻你，"芙兰琴红着脸说道，"因为我相信，要是明天不能和你跳舞，我非死不可。""要是我们俩能够一起死，那真是好极了！"萨利说。他们彼此拥抱在一起，含悲忍痛地告别。分开之后，却又彼此亲切地对着笑了笑，满怀信心地盼望着明天。"可是你什么时候来呀？"芙兰琴喊道。"最晚上午十一点，"他回答说，"我们一起吃一次正式的午饭吧！""好，好！最好十点半就来吧！"可是萨利刚一走开，她又叫他回来，并且现出一种突如其来的灰心绝望的神情。"我们还是去不成的，"她痛哭着说道，"我连一双礼拜天穿的鞋都没有，昨天我就不得不穿着这一双蹩脚鞋子进城去！我没法弄到一双鞋子啊！"萨利呆呆地站着，没了主意。"没有鞋！"他说，"那么，你就得穿着这双去了！""不，不，穿着这双我不能跳舞！""那么，我们就得买一双了！""到哪儿去买？拿什么买呀？""哎，塞尔德维拉有的是鞋店！钱嘛，不到两个钟头我就会有啦。""可是我不能跟着你在塞尔德维拉转来转去，况且你那些钱也不够再买一双鞋的！""一定有办法！我要把鞋买好，明天带来！""哎，你这小傻子，你买的鞋准不会合适的！""那么，你就给我一只旧鞋带去吧！先别忙，这样更好：我来给你量个尺寸吧，这倒算不上什么神通！""量尺寸吗？说真的，我还没有想到这个办法呢！来，来，我给你找一条线儿！"她重新坐到炉台上去，把裙子微微往上一提，就从脚上脱下一只鞋来，脚上还穿着昨天出行时所穿的白袜子。萨利跪下，拿出全副本领量起尺寸来，用那条线横着竖着量了这只纤巧的脚，在线上仔细打了一些结子。"你这个鞋匠！"芙兰琴说，一面绯红着脸，低下头来对他亲热地笑着。萨利也脸红起来，手里紧握着那只脚，握得超过了必要的时间，弄得芙兰琴越发脸红了，把脚缩了回去，一面却又抱住狼狈周章的萨利，狂吻了一番才让他走开。

他一到城里，就把他的表拿到一个钟表匠那里，卖了六七个古顿[1]；银表链也卖了几个古顿，现在他觉得自己是够富的了，因为自从他长大成人之后，从来还没有一下子有过这么多的钱。他心里只希望这一天已经过去，礼拜天已经来到，好拿这些钱买到礼拜天自己许给自己的快乐；因为即使后天相形之下显得更为黑暗渺茫，渴望中的明天的快乐却获得一种更稀奇更强烈的光辉。同时

1　旧日金币，约合两马克。

他还极满意把时间消磨在给芙兰琴找一双鞋这件事上，他觉得自己有生以来做过的事情当中这是最快乐的一件。他从这家鞋店走到那家鞋店，让人家把所有的女鞋都拿给他看看，最后买到了一双又轻便又精致的，像这样漂亮的鞋，芙兰琴还从来没有穿过呢。他把鞋藏在背心下面，那天就一直没有拿开；甚至带着它一起上床，把它放在枕头底下，因为他今天早晨已见过那女孩子，明天还要见她，所以睡得着实安稳。可是他很早就醒了，起来后开始整理他那一件半旧的礼拜天穿的衣服，并且尽量把它刷新。这件事引起了他母亲的注意，她惊讶地问他想干什么，因为他好久以来从不曾这么注意过穿衣服了。他回答说，他要到乡下去看看，不然，在家里他要闷出病来的。"我看他这些日子有点莫名其妙，"他父亲嘟囔着说，"还偷着东跑西颠的！""尽管让他跑去吧，"他母亲说，"这也许对他有好处，他现在的脸色可真难看！""你有钱去闲逛吗？你哪儿来的钱啊？"老头子说。"我一个钱都不要！"萨利说。"给你一个古顿！"老头子回答道，一面把钱扔给他。"你到了村里就可以上酒馆去，在那儿花掉这个钱，省得人家相信我们家里已经穷困不堪了！""我不想到村里去，也用不着这个古顿，你留着吧！""好，你就这样对待钱！等到要用的时候，你就倒霉了，你这个犟东西！"曼茨喊道，一面又把他那个古顿揣回荷包里去。他太太却说不出今天为什么为了她儿子感到这般伤心难过，她拿出一条自己不常围而萨利早想要的、缘着红边的黑米兰绸大围巾给他。他把围巾围在脖子上，让那长长的两端飘拂着；他的衫领子向来总是往下翻的，现出一股子乡下人的傲气来，第一次也把领子高高地竖起，越过耳梢，显得很有气概的样子。然后他把那双鞋放在大衣前胸的袋子里，刚过七点，他就动身了。离开屋子的时候，一种奇异的感觉驱使他和父亲母亲握手，到了街上他又回头望了望家。"闹了半天我懂了，"曼茨说，"我看这小子是追什么女人呢；那可正是我们所需要的！"他太太说："啊，愿上帝保佑！他也许能成功！那对这可怜的孩子真有好处呢！""对呀！"她丈夫说，"错不了！只要他晦气也碰上这样一个话匣子，那可真是享天福了！

那当然对这可怜的孩子有好处！当然哪！"

萨利起初朝那条河的方向走去，打算在那儿等着芙兰琴，可是跑到半路又变了主意，一直走进了村里，为的是到家里去接芙兰琴，因为他觉得要他等到十一点钟那真是太长了。"别人跟我们有什么相干？"他想，"谁都不来帮助我们，我是个正经人，我谁都不怕！"于是，出乎芙兰琴意料，他到她屋里来了。同样也出乎他自己的意料，他发现她已经完全穿好了，打扮好了，坐在那儿，等待着动身的时刻，只是还缺一双鞋。萨利一瞅见这个女孩子，就目瞪口呆，站在屋子当中一动也不能动，因为她看起来美丽极了。她只穿着一件朴素的蓝色亚麻布衣服，可是很新鲜很干净，而且配上她那苗条的身段非常合适。此外她又戴上一条雪白的绵纱围巾，这就是她的全套服装。她的鬈曲的棕发理得整整齐齐，平时那些蓬松的发鬈儿，现在都贴在头上，非常漂亮可爱；因为芙兰琴几乎好多星期都没有出过门，皮肤的颜色变得更娇嫩更透明了，这也一半是愁苦造成的，但是现在爱情和喜悦又把一阵一阵的红光输送到这透明的肤色里去；她胸前佩着用迷迭香、玫瑰和灿烂的翠菊合成的一个美丽的花束。她挨着敞开的窗子坐着，以恬静优美的姿态呼吸着清晨的浸透阳光的新鲜空气；一见萨利出现，就向他伸出两条从胳膊肘起都露着的漂亮胳膊，喊道："你现在就来了，并且到这儿来了，你这样做真对极啦，可你给我带了鞋来没有？真的吗？现在我不站起来，我要先把鞋子穿上！"他从口袋里掏出那双她渴望得到的鞋，交给了那望眼欲穿的美丽的女孩子，她扔掉那双旧的，一蹬就穿上了这双新的，穿着非常合适。她这才从椅子上站起来，穿着新鞋把身子扭了几扭，很快地来回走了几趟。她把蓝色的长衫稍微往上一提，心满意足地瞅着那装饰鞋子的红绒结子，萨利却不住地注视着面前这个由于快意的兴奋而欢欣雀跃的秀美迷人的形象。"你是瞅我的花束吧？"芙兰琴说，"我没有凑成一个美丽花束吗？你要知道，这是我从这一片荒园里找到的最后的花。这儿采一小朵玫瑰，那儿采一朵翠菊，这样一扎，人们就看不出它们是从一片荒芜中采集起来的！可是现在是我走的时候了，园子里一朵花都没有了，房子也空了！"萨利向四下里一望，才发现上次还在这儿的那些家具都搬走了。"你这可怜的小芙兰琴啊！"他说，"他们把你所有的东西都拿走了吗？""昨天，"她回答说，"他们把可以挪动的都拿去了，几乎连床都没有给我留下。不过我也立刻把它卖掉了，现在我也有钱啦，你瞧！"她从衣服口袋里掏出几块亮晶晶的新银"塔勒"[1] 来给他看。"拿着这个，"她接着说，"那位孤儿保护员——当时他也在场——说，要我在城里找个活儿，并且让我今天马上就动身！""这儿可也真是一点东西都没有了，"萨利向厨房里望了一望，说道，"连一根柴、一口锅、一把刀都看不见！莫非你连早饭都没有吃吗？""什么都没吃！"芙兰琴说，"我本来可以给自己弄点什么来吃的，但是我想，宁可饿着，等会儿好和你一起多吃些，因为我一想到要和你一同吃饭，就非常高兴，你真想象不出我是怎样高兴啊！""假如我可以接近你的话，"萨利说道，"我就要向你表明，我心里是怎样一种感觉，你这美丽的，美丽的人儿啊！""你说得很对，那样一来，你就要把我这套美丽的装束全弄坏啦，要是我们对于这些花儿稍微爱护一点，我这可怜的脑袋也就沾了光了，你常常把它弄得不像样子！""好，来吧，我们现在就出发吧！""我们还得等到人家把床搬走呢；因为随后我就把这空房子锁上，再也不回这里来了！我的小包袱交给那买床的女人去保管。"于是他们就面对面坐下来等着；待了不久，那个庄稼女人就来了，是一个五大三粗、高嗓门巧舌头的女人，还带着一个小伙子帮她搬床架。这妇人瞅瞅芙兰琴的爱人；又瞅瞅这打扮得漂漂亮亮的女孩子，就目瞪口呆，又着腰嚷道："哎，你瞧啊，小芙兰琴！你已经搞得很好啦！有个客人来看你，你说你打扮得还不像个公主吗？""可不是吗？"芙兰琴和和气气地笑着说，"你知道他是谁呀？""哎，我想，这准是那个萨利·曼茨吧？人们常说：山和谷到不了一起，人倒可以！可是，孩子，你可要当心啊，你想想，你们两家的父母

闹成什么样子啦！""哎，已经改变了，一切都好了。"芙兰琴微笑着，和气坦白
地，简直有点谦虚地回答说，"你瞧，萨利是我的未婚夫！""你的未婚夫！你瞎
说！""真的，而且他是一个有钱的先生，他中了彩，得到了十万古顿！你想一
想，太太！"那女人吓了一跳，惊讶地把两手一拍，喊道："十——十万古顿！"
"十万古顿！"芙兰琴郑重地证实说。"我的老天！这一定不是真的，你骗我呢，
孩子！"那女人说。"好吧，你爱怎么想就怎么想吧！"芙兰琴。"可是要是真
的，你嫁了他，你们想拿这些钱干什么呢？你真要当一个体面太太吗？""当然
喽，在三个星期之内我们就举行婚礼啦！""去你的吧，你是一个讨厌的骗子！"
"他已经买下了塞尔德维拉城里最漂亮的房子，有一所大花园和葡萄园；等我们
安了家，你也得来看看我哟，我可指望着呢！""一定去，你这小鬼，你真机
灵！""你看看，那房子漂亮极了！我给你弄一份可口的咖啡，拿细巧的鸡蛋面
包招待你，还抹上黄油和蜜！""啊，你这小流氓！你就打上我要的牌吧！"那
女人大声说道，脸上带着贪馋的表情，嘴里直咽唾沫。"你要是晌午来，上市上
得累了，随时都给你准备着一份有劲儿的肉汤和一杯酒！""那可正合我意！"
"也短不了有些点心和白面包给你家里那些亲爱的孩子！""可真要把我馋死啦！"
"要是没有外人在，我们还可以细细检查检查我的箱子柜子，也一定可以找出一
条漂亮围巾，或者一段剩下来的绸料子，或者一条漂亮的旧带子来配你的裙子，
或者给你一段料子做条新围裙！"那女人打了个滴溜转儿，欢呼着摆动她的裙
子。"要是你男人做地亩生意或者牲口生意能够赚钱，但是缺少现款的话，你就
知道该到哪儿去叩门了。我的亲爱的萨利不管什么时候都很愿意稳当合算地放
一点现款！我自己也可能有一点省下来的零钱，帮助一个知己的朋友！"现在这
女人再也承受不住，感动地说道："我老说你是个又乖又好又漂亮的孩子啊！但
愿上帝保佑你永远平安，并且因为你这样待我而降福给你！""可是反过来我也
要求你好心好意地待我呀！""你当然可以这样要求我！""我还要求你，在上市
以前，每次都把你的货物，无论是水果，是马铃薯，是蔬菜，先给我送来，供应

我，让我放心，我要一个正直的庄稼女人在我手下，这样我可以托靠她！别人买你的货物出多少钱，我也一定万分高兴地照给，你是知道我的！啊！一个有钱的城市太太，坐在城里一点办法都没有，可是需要那么多的东西，要是同一个正直诚实的、对于一切重要的有用的事物都很内行的乡下太太有了良好持久的交情，那真是再好不过了！好处有百把种：无论是喜悦是悲哀，是领洗命名或是结婚，是孩子们上学或是领坚信礼，是他们该受深造或是到外乡去！还有闹灾荒，发大水，失火，下雹子，但愿上帝保佑我们，免了这些！""但愿上帝保佑我们，免了这些！"那善良的女人哽咽着说，一面用围裙擦干眼睛，"你是一个多么懂事的，多么有眼光的小新娘啊！并且，你将要一帆风顺，要不，世上就没有天理啦！你又漂亮，又干净，又聪明伶俐，干什么事情都那样勤劳熟练！这村里村外，没有一个比你更美更好，谁有了你，谁就得认为自己是进了天国啦，要不，他就是个坏蛋，我可不依他。听着，萨利！你可得好好地对待我的小芙兰琴，要不，我可要教训教训你！你这幸运儿，有福气折这样一朵玫瑰花儿！""现在你就照着你答应我的，把我这个包袱也带走吧，将来我让人来取！要是你不反对的话，我也许还要亲自坐车来取呢！到那时你准不至于舍不得请我吃一罐儿牛奶吧，我自己也一定带个什么美味的杏仁饼来就着吃！""小鬼！把包袱交给我吧！"芙兰琴把一个长口袋放在那张捆好了的、已经顶在她头上的床屉上面，在这口袋里芙兰琴塞上了她的破烂衣物，于是这可怜的女人站在那儿，头上像顶着一座颤巍巍的宝塔。"一次搬完我真觉得有点太重啦，"她说，"我搬两回不行吗？""不行，不行！我们现在马上就得走啦，因为我们要走远路，去看望一些体面亲戚，我们发了财，这些人才出头露面！你当然明白，人情世态是怎么一回事啊！""我明白得很，好吧，上帝保佑你，在富贵荣华中可别忘了我！"

　　庄稼女人带着她的包袱宝塔走开，战战兢兢地保持着平衡，她的小做活儿的在后头跟着，把身子放在芙兰琴那张原先画得华华丽丽的床架中间，头上顶着床架上那块布满褪了颜色的繁星的天盖，像第二个参孙[1]似的，抓着那两根刻着细花的支着天盖的前柱。芙兰琴身子靠着萨利，目送着这个队伍，看见这座活动的庙宇正走在花园里，便说道："要是把那件东西放在一个花园里，里面摆上一张小桌子，一个小凳子，周围种上牵牛花，那还是一座精致的凉亭呢！你愿意跟我一块儿在里面坐坐吗，萨利?""愿意呀，小芙兰琴！尤其是在牵牛花已经长起来的时候！""我们还站着做什么?"芙兰琴说，"再没有什么使我们留恋的了！""那你就来把房子锁上吧！可是你想把钥匙交给谁呢?"芙兰琴四下里望了望说："我们把它挂在这支戟上吧；我听见父亲常常说，这支戟在这房子里已经一百多年了，现在让它站在这儿当最后的卫士吧！"他们把生了锈的房门钥匙挂在这件生了锈、爬着豆蔓的旧兵器的螺形钩儿上，就走开了。芙兰琴面色显得分外苍白，还用手捂着眼睛，萨利只好领着她走，一直走了十二三步之后才好起来。她并没有回头看。"我们现在先上哪儿去呢?"她问道。"我们正式到乡下去玩一次，在那儿不慌不忙玩上一整天，傍晚我们就一定找得着一个跳舞的地方！""好吧！"芙兰琴说，"我们要整天在一起，高兴到哪儿就到哪儿去。可是现在我很难过，我们马上到那个村里去喝杯咖啡吧！""当然可以！"萨利说，"快走，我们赶快离开这个村子！"

不久他们就又到了野外，安安静静地并肩在田地中间穿过。这是九月里一个晴朗的礼拜天早晨，天上没有一点云，那一重一重的小山和树林都披上了一层烟霭织成的轻纱，使这个地区更加神秘肃穆，从四面八方传来了教堂的钟声：这儿传来某个富庶的乡村里和谐而低沉的钟声，那儿又听到一个穷苦的小乡村里两口小钟的絮絮叨叨的响声。这对爱人完全忘了这天终了该怎么办，他们只耽于这种使人胸襟开展的、无言的快乐：穿得干净整齐，像一对名正言顺的幸

1　参孙是力大无比的以色列士师，娶了敌邦非利士人的女儿为妻，被妻子骗出了他力量的来源，因而为非利士人所俘，剜去双眼。后来非利士人的首领在神殿里祭神，命参孙站在两柱中间，在众人面前戏耍。参孙乘机抱住托房的那两根柱子，左手抱一根，右手抱一根，说："我情愿与非利士人同死。"就尽力屈身，房子倒塌，压住首领和房内的众人。(事见《旧约·士师记》13—16章)

福人儿似的，自由自在地去游赏这礼拜天的风光。在安息日的寂静中逐渐消逝的任何一种声音，任何一种遥远的呼喊，都惊心动魄地响彻他们的心魂；因为爱情是一个钟，它使最遥远最平凡的声音都引起回响，变为一种特殊的音乐。他们虽然已经饿了，还觉得到邻村去那半点钟的路程不过是猫一跳的距离，他们犹犹豫豫地走进了村口一家饭店。萨利叫了一顿好早点，在准备早点的时间，他们就像耗子一般悄悄地注视着宽大清洁的客堂中进行着的稳当快意的营业。老板同时又是烤面包的，刚烤好的面包熏得满屋子香气，各种各样的面包，一篮子一篮子地装满了送过来，因为做完了礼拜以后，人们就到这儿来取白面包或者喝早酒。老板娘是一个大方整洁的妇人，正在不慌不忙、和和蔼蔼地打扮着她的孩子们；无论哪个孩子一被放开，就毫不认生地跑到芙兰琴跟前，拿出自己的好东西来给她看，又把自己一切得意的事情讲给她听。等到芬芳的咖啡一来，两个年轻人就羞答答地坐在桌边，仿佛他们是被邀请来这里做客似的。可是不久他们就活泼起来，又拘谨又快活地小声说话。啊，这好咖啡，浓乳酪，新鲜而且还热乎的小面包，美味的黄油和蜂蜜，还有蛋糕以及这里所有的点心，年轻的芙兰琴多么爱吃啊！她这么爱吃这些东西，因为她一面吃，一面还可以瞅着萨利，她吃得那样痛快，仿佛已经持了一年的长斋似的。并且她也喜欢那套精致的餐具，喜欢那些银咖啡匙。老板娘似乎也把他们看作一对正派的青年人，必须好好地招待，因此她也时常坐到他们旁边聊聊天，他俩对她的问话回答得很得体，使她非常欢喜。善良的芙兰琴心里那样愉快，以至于她不晓得她还是再到野外去，单独跟自己的爱人一起穿过牧场或森林东游西荡呢，还是宁愿留在这客堂里，至少做上几个钟头在一个富丽堂皇的地方住家的梦。萨利正言厉色地忙着催她动身，仿佛他们要赶一段确定而重要的旅程似的，这样一来就使得去留的选择容易决定了。老板娘和老板一直把他们送到门外，才以十分亲切的态度放他们走开，因为虽然他们显而易见是贫苦的，但是举止却很大方；这两个可怜的青年人以世界上最好的礼貌告别，然后就规规矩矩、稳稳重重地出发了。当他们又到了野外，进入一个要走上一个钟头才能走完的橡树林时，他们仍然以这种姿态并肩前行，沉迷在快意的梦境里，仿佛不是出身于被贫困和争吵气氛所弥漫的破落户，而是好人家的儿女，怀着美好的希望在外面闲逛。芙兰琴像有心事似的把头垂到佩着花朵的胸前，两只手小心翼翼地放在衣服上，在森林中又滑又湿的地面上行进；相反地，萨利却挺着他那细长的身子，一面沉思，一面大踏步走着，眼睛盯着一棵一棵的橡树干，像一个农人在考虑砍伐哪些树最合算似的。最后他们从这些徒劳无益的梦里醒来，相对看了一眼，发现他们还一直保持着离开酒店时那种走路的姿态，脸上一红，就黯然伤心地低下头来。但是青年人并不道学，森林是那么绿，天是那么青，这广大的世界上又只有他们两个人，所以他们即刻就又沉醉在这种情趣里面了。不过他们单独行走的时间并不很久，因为一群群散步的青年人，还有一对对做完了礼拜欢唱着来消遣的伴侣，使得这美丽的林间道路上生气蓬勃起来。因为乡下人也有自己选定的散步场所和园林，和城里人一样，唯一的不同就是这些地方用不着花钱来维持，并且还更美丽些。乡下人不仅怀着一种特殊的安息日的情趣到自己那正在开花的和快要熟透的庄稼地里去散步，并且穿过树林，沿着绿油油的山坡，依照仔细选定的路线散步，在这儿挑一个幽美的可以远眺的高岗，在那儿挑一个树林的边缘上坐下来，引吭高歌，安逸自在地让幽美的原野陶冶自己的心灵；他们这样做，显然不是为了忏悔，而是为了开心，所以很可以断定，他们对于自然是能够欣赏的，即使撇开它的用处不谈。无论是小伙子，还是探寻自己青年时代旧路的老太婆，每次散步都要折些绿东西；就连正当盛年的死板的乡下人，在野外走路的时候，一经过森林，也都喜欢折一条细长的嫩树枝，把叶子剥掉，只在尖上留下一簇绿叶子。他们像举一根御杖似的举着它；当他们走进法院或官厅时，就恭恭敬敬地把树枝靠在一个角落里，甚至在办完最严重的交涉之后，也永远忘不了再小心地拿起它来，把它完好无损地带回家去，到了家里才让最小的儿子毁掉它。——萨利和芙兰琴一看见这许多散步的人，心里就暗笑起来，得意自己也是成对成双的，但是他们还是溜到旁边那条更狭窄的林间小路上，消失在幽僻的树林深处了。他们喜欢什么地方就在什么地方停下，忙着向前走一会儿，就又休息一下，正如这时候没有一点云浮现在那晴朗的天空，这几个钟头之内也没有一点忧愁烦扰他们的心神；他们忘了自己是从哪儿来的，也不知道要到哪儿去，并且他们的举动是那样文雅端庄，以至于经过那一切兴奋和骚动以后，芙兰琴那套漂亮朴素的打扮还像早晨那样整齐完好。萨利这一路上的举动，不像一个二十来岁的乡下小伙子，或者一个破落的酒店老板的儿子，仿佛还要年轻几岁，并且受过很好的教育似的；他满怀温柔、体贴和敬重，不住地瞅着他的又标致又快活的芙兰琴，那种样子简直有点可笑。因为这一对可怜的青年人必须在他们获得的这一天有限的时间内把一切恋爱的方式和心情都经验一下，既要追补幼小时候所失去的时光，又得要舍弃他们的生命，提前作个热烈的结束。

　　这样他们便又跑得饿了；从树木荫翳的山顶上望见前面隐隐约约的有个乡村时，他们感到非常高兴，想到那里去吃午饭。他们飞快地下了山，然后又规规矩矩地走进这个乡村，正如离开前一个乡村的时候一样。附近没有人认识他们；尤其是芙兰琴，在最近几年里，绝对没和外人来往过，更不用说到外村去过了。所以他们就像是一对讨人欢喜的体面的爱人，为了什么要紧的事出门来似的。他们走进村里第一家饭馆，萨利叫了一顿丰盛的午饭；人们给他们单独安排了一桌，布置得像节日盛宴的餐桌一样，他们就又安静拘谨地坐在桌边，瞅着那安上打过蜡的胡桃木壁板的美丽的墙壁，那同样木材做的乡下式的，但完好无缺面又擦得晶亮的碗橱，以及那洁白的窗帘。老板娘殷勤地走过来，把满满的一瓶鲜花摆在桌上。"在上汤以前，"她说，"你们要是喜欢看花，就可以暂时先饱一饱眼福。假若许我冒昧问一下的话，我看你们十有八九是一对年轻的新人打算进城去，准备明天结婚吧？"芙兰琴羞得脸红了，不敢抬起头来，萨利也一声不响。老板娘接下去说道："哪，你们两个当然还很年轻，可是人们常说，年轻结婚长寿，你们看起来至少是很漂亮很有出息的，用不着藏藏躲躲。正经本分的人，要是这样年轻就结了婚，并且又勤奋又忠实的话，是会有相当成就的。不过人们当然也非如此不可，因为时间说短也短，说长也真长，往后还有许多许多日子呢！啊，你瞧，只要我们好好利用这些日子，一定会过得很好、很有意思的！我说这些话你们可别见怪，不过我瞅着你们，心里也着实高兴，你们是多么漂亮的一对新人啊！"女侍端了汤来，也听了几句去，巴不得自己也结了婚，所以就斜着眼睛看了看芙兰琴，在她的心目中，芙兰琴是那样一帆风顺。这个不中人的女人在隔壁大发牢骚，对那位正在屋里忙着的老板娘这样说，声音高得人家都听得出来："又是一个十足的穷光蛋，这种模样就进城去结婚了，没有一文钱，没有一个朋友，没有嫁妆，除了受穷讨饭以外，不会有什么希望的！像这些连小上衣都不会穿，连汤都不会做的蠢东西都结起婚来，这还了得！哎哟，我只可惜那个漂亮小伙子，他真是大大地上了那年轻的乡下时髦姑娘的当啦！""嘘！还不给我住嘴，你这可恶东西！"老板娘说，"我可不让人难为他们！那一定是两个正经的青年人，从那些工厂所在的山里来的，他们穿的固然不好，可是很干净，只要他们彼此要好，又肯干活，他们就会比你这骂人精有出息！像你这样不中人，想要人来娶你，且等着吧，你这醋罐子！"

芙兰琴就这样享受着一个将要结婚的新娘的一切幸福：一个通达事理的太太的一番好话和鼓励，一个急欲结婚的女人的嫉妒，这个女人因为气不忿儿而对她的爱人一面赞美一面惋惜起来了，同时，还有一顿适口的午饭，又有这个爱人陪在身边。她面色绯红就像一朵嫣红的石竹花，心里扑通扑通直跳，但是她仍然又吃又喝，胃口很好，对于伺候他们的那个女侍更加客气了，同时却也不免温柔地瞅着萨利，和他说些私话，使得他也心花缭乱起来。他们在桌边安逸自在地坐了好久，仿佛是在踌躇，怕走出这快意的幻境似的。老板娘送上了作收尾食品的甜点心，萨利叫了更好更强烈的酒来就着吃，芙兰琴刚喝了一点点，那酒便像火似的流到她的血管里去了；她却也当心，只是偶尔才啜一口，并且那样拘谨害羞地坐在那儿，倒像一个真的新娘子了。她一半是顽皮地扮演着这个角色，想尝一尝到底是什么味道，一半也确实是这种心情；她的心由于烦闷和热爱快要破裂了，使她感到在那四堵墙当中过于气闷，恨不得马上走开。他们似乎怕像方才那样孤单地走在路上；因为他们不约而同地顺着大路前进，走在人群中间，也不向左右两边看看。可是一出村子，朝那个有庙会的邻村走去的时候，芙兰琴就把身子靠在萨利的胳膊上，颤抖着声音耳语道："萨利，真不明白为什么我们就不应该结婚，就不应该幸福！""我也不明白为什么！"他回答说，一面拿眼睛注视着闪射在牧场上的秋天温和的阳光，同时不得不抑制自己，把面孔皱得非常可笑。他们站住正想接吻，可巧有人来了，只得作罢，继续往前走去。那个举行庙会的有教堂的大村子里，已经由于民众的娱乐活动而活跃起来；从富丽堂皇的酒店里传出了豪华的跳舞音乐，因为年轻的村民在中午时分就已开始跳舞了，酒店前面的广场上搭了一个小小的市场，这个市场是由几张卖糖果糕点的桌子和一些卖廉价首饰的摊子凑成的，摊子周围挤满了一大群孩子和那些暂时先欣赏一下就满足的大人。萨利和芙兰琴也走到这些华丽的物品旁边，拿眼睛扫了一遍；原来他们俩同时把手放在荷包里，每人都想送点东西给对方，因为这是他们第一次一同上市场，也是唯一的一次。萨利买了一个姜饼做的大房子，用糖霜粉饰得又白又漂亮，房顶子是绿的，上面落着几只白鸽子，一个小爱神从烟筒里向外窥探，当作扫烟筒的；挨着敞开的窗子，有两个胖胖的脸蛋、小小的红嘴唇的小人儿，彼此拥抱着，确确实实是在接吻，因为那个老练而草率的画家，拿笔一点就做成了两个小嘴，这两个嘴便融合在一起了。他还用小黑点代表了很精神的小眼睛，并且在玫瑰红的房门上写着这几句诗：

　　啊，最亲爱的，请进我屋里！

　　我一点也不瞒你：

　　在里面一切事物

　　都只用接吻来算计,

　　最亲爱的回答说:"爱人啊,

　　什么全都吓不退我,

　　一切我都细细地想过:

　　只有你才是我的幸福的寄托!

　　如果我记得不错,

　　这也就是我的来意!"

　　那么就请你带着福星

　　进来,履行这个规矩!

　　依照这几句诗,在左右两边的墙上分别画着一个穿绿色燕尾服的绅士和一个胸部高高隆起的太太,彼此相对鞠躬,往房里让着。芙兰琴回赠给萨利一颗心,这颗心的一面上贴着一个纸条:

　　一个甜杏仁藏在这颗心里,

　　我对你的爱却比这甜杏仁还要甜蜜!

　　在另一面上:

　　你吃了这颗心,可别忘记我这句话:

　　直到我的褐色眼睛散了光,我的爱情也

　　　　不会变卦!

　　他们热心地诵读着这些诗句,觉得从来没有任何有韵的印刷品比这几句姜饼上的题词更美更深切;他们把这些诗句看成是特别为他们写作的,因为读起来和他们的情形那样切合。"啊,"芙兰琴叹道,"你送给我一所房子! 我也送给了你一所,这才是一所真的呢;因为我们的心现在就是我们的房子,我们住在那里面,这样我们就像蜗牛似的背着自己的房子走了! 别的房子我们是没有的!""那么我们可就是这样的两个蜗牛:各人背着对方的小房子!"萨利说。芙兰琴答道:"所以我们更不可以分开,好让各人永远挨着自己的家!"他们不知道，在他们的谈话中也说出了类似的警句妙语，跟写在那各式各样的姜饼上的一样。他们继续研究陈列在这里的东西，特别是贴在那一颗颗大大小小装潢不同的心上的这一类甜蜜素朴的爱情文字。他们觉得这一切都很美，都非常中肯；芙兰琴在一颗像竖琴一般上着弦的镀金的心上读道："我的心像竖琴，弹得越勤，也就发出更多悦耳的声音！"她顿时觉得充满了音乐意味，以至于仿佛听到自己的心弦在那儿起共鸣。这里有一尊拿破仑像，也不免成为录刻恋爱格言的工具，因为下面写着："伟大英雄拿破仑，钢为宝剑土为心；伊佩玫瑰一小朵，伊心坚贞似钢铁。"当他们看去似乎正在各自埋头阅读的时候，却都借此暗地里买了东西，萨利给芙兰琴买了一个镶着绿色假宝石的镀金戒指，芙兰琴买了一个黑羚羊角戒指，上面镶着一根金的勿忘草。他们大概都想在离别时把这些可怜的纪念品送给对方。

　　他们聚精会神地注视着这些东西的时候，把一切都忘了，也没有理会到四周已经逐渐围上了一大圈子人，都在好奇地注视着他们。因为这里既然有许多从他们村里来的小伙子和姑娘，他们便被认出来了，大家都站在离他们有一段距离的周围，惊奇地注视着这一对打扮得整整齐齐的情侣，他们俩却似乎在虔诚的深情中忘掉了四周的一切。"哟，你们瞧瞧！"有人说，"那不就是马蒂家的芙兰琴跟城里的萨利吗？他们干脆找到一起啦！你们瞧瞧吧，瞧瞧他们有多么温柔多么亲爱呀！谁知道他们想怎么着呢。"这些旁观者的惊讶，是由同情他们的不幸，鄙视他们父母的堕落和缺德，嫉妒这一对爱人的幸福和团结这种种因素稀奇古怪地混合而成的，他们俩在热爱和激动中表现出一种极不平凡的，几乎可以说是高贵的姿态，在那般粗鄙的人们看来，他们这种坦率的钟情和忘我的表现，是和他们的贫苦无依一样的不顺眼。因此，等到他们最后清醒过来，抬头一看，就看见四面八方都是目瞪口呆的面孔；没有人向他们招呼，他们也不晓得应不应该招呼什么人，这种疏远和不友好的态度，大都由于双方都怕难为情，而不是存心不好。芙兰琴心里一阵子害怕，一阵子发烧，脸色也一会儿苍白，一会儿绯红。萨利拉住她的手，领着这可怜的人儿走开，虽然酒店里的喇叭快活地响着，芙兰琴又那样喜欢跳舞，但她手里托着她的房子，顺从地跟着他走了。"我们不能在这儿跳舞！"当他们已经走得相当远了，萨利说道，"看样子我们在这儿是不大会开心的！""一定不会，"芙兰琴伤心地说，"我想我们最好还是算了吧，我看看，我能到哪儿去住一晚！""不，"萨利喊道，"你得跳一次舞，我已经专为这个给你带了鞋来了！我们要到穷人们开心的地方去，我们现在也属于穷人之列了，那儿的人不会瞧不起我们；每逢这儿有庙会，'小乐园'也同样有跳舞会，因为那儿也属于这个教区，我们到那儿去，万不得已时，你也可以在那儿过夜。"芙兰琴一想到要让自己破天荒第一次在陌生的地方睡觉，就吓得发抖；但是她还是很随和地跟着她的向导走，因为他现在就是她在世界上所有的一切了。"小乐园"是一个饭馆，坐落在僻静的山坡上，俯瞰着下面的原野，可以望得很远，景物非常幽美，但是在这种行乐的日子，这里来来往往的还只有那些比较穷苦的人，那些小农和小工的孩子，以及各色各样的流浪人。这原来是一百年前一个有钱的怪人建筑的小别墅，以后就再也没有人愿意住在这里。因为这个地方做什么用都不合适，这古怪的别墅就荒废了，最后落到一个开饭馆的老板手里，便在这儿做起他的生意。但是这所房子的名称以及与这名称相符合的建筑样式都保留了下来。这所房子只有一层，上面建筑了一个豁亮的平台，平台四角是四大天使的砂石雕像，用来托着屋顶，这些雕像都完全被风雨侵蚀坏了。屋顶周围的飞檐上坐着肥头大肚的奏乐的小天使，也是砂石雕刻的，他们奏着三角铃、提琴、笛子、铙钹和小鼓，这些乐器原来都是镀金的。屋顶内部的天花板上，平台的胸墙上，以及房子其余的墙壁上，满都是褪了颜色的壁画，画着一群一群快活的天使，和正在唱歌舞蹈的圣人。但是这些画都剥落了，模糊难辨，仿佛一场梦似的。此外，上面还爬着密密层层的葡萄蔓，叶子中间到处垂着将熟未熟的青葡萄。房子周围杂乱地长着些胡桃树，还有生节的顽强的玫瑰，凭着自己的力量活下去，东一丛西一丛地滋生着，正如到处乱生的接骨木一样。这座平台是当作跳舞厅用的；当萨利和芙兰琴走过来的时候，老远就看见一对一对的人在豁亮的平台的屋顶下旋转，房子周围有许多兴高采烈的客人，一面喝酒，一面胡嚷乱叫。芙兰琴虔诚地、忧郁地托着她的"爱屋"，正像古画中的守护教堂的女圣人，托着由于她的功德创建起来的一座大教堂或修道院的模型似的；但是芙兰琴心里想要成就的那件功德却完全不能实现。她一听见从平台上传来的狂热的音乐，便忘掉了她的烦恼，到最后她除了要和萨利跳舞什么都不想了。他们从那些在房子前面和房子里面坐着的客人当中挤过去——这些人有的是塞尔德维拉城里的破落户，来做一次便宜的郊游的，有的是从四面八方来的穷人——，顺着楼梯走上平台，立刻就跳起华尔兹舞来，一面目不旁视地看着对方。直到华尔兹舞跳完了，才向四下里看一看；这时候芙兰琴已经把她那"房子"挤碎了，正要为这个伤心难过，忽然发现他们正好站在黑琴师的旁边，就更加惊慌起来。他坐在一把放在桌子上面的椅子上，还是像平日那么黑；只是在他的小帽子上插了一条绿枞树枝，脚旁边放着一瓶红酒和一个酒杯，虽然他拉提琴的时候，两条腿不住地踢踏，以此来表演一种蛋舞，可是从没把酒杯踢翻过。他旁边还坐着一个美貌的但是愁容满面的青年人，手里拿着一只号角，此外，还站着一个奏低音弦琴的驼子。萨利一见这琴师，也吃了一惊；那人却挺和气地跟他们打招呼，喊道："我早就知道，我还会给你们拉拉琴的！所以你们尽管开心好啦，小情人们，给我干杯吧！"他把满满的一杯酒递给萨利，萨利就干杯祝他健康。琴师一见芙兰琴吓成那样，就和颜悦色地想法安慰她，还开了几个近乎文雅的玩笑，把她逗笑了。她又胆大起来，他们现在很高兴在这儿碰到了一个熟人，而且还多少受这琴师的特别保护。他们不停地跳舞，在旋转、歌唱和喧哗中忘掉了自己和周围的世界；房子里外这一片嘈杂的声音，从山里发出，传到那逐渐被秋日黄昏的银色烟霭笼罩起来的远方。他们一直跳到天黑，大部分玩耍作乐的客人都嘈嘈杂杂一歪一晃地向四面八方散去。剩下的就是那些真正的流浪人，他们没有家，玩了一天，还想再玩上一夜。这些人当中有的似乎和琴师很熟，穿着他们那种杂色的服装，样子非常奇怪。特别引人注意的是一个小伙子，穿着一件绿颜色的厚绒布短上衣，戴着一顶压皱了的草帽，帽子上还套着一串山梨红做的花冠。他带着一个轻狂的女人，这女人穿一条樱桃红带白点的棉布裙子，头上还绕着一个用葡萄蔓做的帽箍，两个鬓角上都垂着一串青葡萄。这是所有的人中间最放荡的一对，他们毫不疲倦地跳舞唱歌，没有一个角落不跳到。另外还有一个细长身材的美丽姑娘，穿着一件褪了色的黑绸子衣服，头上系着一块白布，布角一直垂到背上。这块布上面织着一道道红条，是一块好亚麻布手巾或餐巾。布下面露出一双绀蓝色的炯炯有光的眼睛。她脖子上戴着一个用山梨红串成的六股项链，一直垂到胸前，代替了最美丽的珊瑚项链。这个姑娘一个劲儿地独自跳舞，固执地拒绝跟任何一个男孩子跳舞。然而却以一种有丰韵的轻快的姿态在舞场里回转着，每逢转过那个愁容满面的吹号角的人眼前，她就微笑一下，而那个人却总是掉过头去不理。另外还有几个快活的女人，跟着她们做保镖的，样子都不十分漂亮，可是反而更快活些，彼此之间也最和睦。天已经完全黑了，老板还不肯点灯，因为他肯定地说，风会把蜡烛吹灭，况且月亮马上也就会出来，就他从这些贵客手里收到的钱来说，借着月光招待招待也就够好的了。大家欣然接受了他这番讲话；全体客人都站在通风的大厅胸墙旁边，等着月亮出来，这时候月亮的红光已经出现在地平线上了；月亮刚一出来，它的光辉就斜斜地射在"小乐园"的平台上，他们也就在月光下面继续跳起舞来，并且跳得那样安详，那样规矩，那样心神畅快，真像是在百把支蜡烛光下跳舞似的，这奇异的光辉使大家更加亲密了。萨利和芙兰琴也不由得加入这共同的狂欢中去，和其他的人跳起舞来。但是每逢他们分开了片刻之后，就又找到一起，庆祝一次团圆，仿佛互相寻找了多少年，最后才遇到似的。萨利一和别的女人跳舞，就哭丧着脸，显出不高兴的样子，不断地扭过头去找芙兰琴，但是她从他身边翩翩舞过时却不看他；她面色绯红，像一朵红玫瑰似的，无论和谁跳舞，她似乎都快乐得了不得。

"你嫉妒吗，萨利?"当乐师们累了，休息一会儿时，她问他道。"一点都不!"他说，"我连怎么个嫉妒法都不知道!""那么，在我和别人跳舞的时候，你为什么那样生气呢?""我生气不是为这个，而是因为我不得不和别人跳舞! 我不能忍受和任何别的女孩子跳舞，假如不是你，我就觉得仿佛怀里搂着一块木头似的! 你呢? 你怎么样呢?""啊，只要我是在跳舞，又知道你也在场，我就永远像在天堂里一样! 但是我相信，只要你走开，把我丢在这儿，我一定会立刻倒在地下死去的!"说着他们已经走下了平台，站在房子前面;芙兰琴用两只胳膊搂住他，微微抖颤的苗条的身子紧贴着他，被热泪浸湿了的灼热的脸蛋贴在他的脸上，哽咽着说:"我们是不可能在一起的，但是我又离不开你，连一刹那，一分钟都离不开!"萨利拥抱住这女孩子，使劲搂着她，狂吻起来。他的烦乱的思想挣扎着想找出路，可是一条出路都看不见。即使他的穷苦和前途无望的出身可以克服，但是他的青春和他的没有经验的热情却使他无法经受长期的考验和舍弃，况且还有他把芙兰琴的父亲弄得终身痛苦这一层关系。在中产阶级社会里，只有名声很好、良心无愧的婚姻才能使人幸福，这种感觉在他和在芙兰琴是同样亲切，在这两个贫苦无依的人的心里，这就是荣誉之火的最后的残焰，这种火焰从前在他们家里燃烧得那样炽烈。那两位自己觉得有把握的父亲正因为妄想以增加产业的方式来提高这种荣誉，才那样轻率地把一个不知下落的人的田产据为己有。在他们看起来，这是毫无危险的，可是他们由于这一个小小的错误，却把荣誉的火焰吹灭了。这种事情当然天天都在发生，可是命运有时候就安排一个实例来给人儆戒，让两个以这种方式来增加自己家庭的荣誉和产业的人碰到一起，这时候他们准保就会像两只野兽一般互相残杀，最后同归于尽。因为不只是坐在宝座上的扩张领土者会打错算盘，有时候住在最鄙陋的茅屋里的扩张领土者也会打错算盘，得到跟自己的企图完全相反的结局，荣誉的纹章转眼就变成了耻辱的招牌。萨利和芙兰琴在幼小的时候还看见过家庭的荣誉，记得他们曾经是教养得很好的小孩子，他们的父亲看起来也和其他的人们一样，殷实富裕，受人尊敬。以后他们分离了很久，等到重新遇到的时候，同时都在对方身上看见那已经消逝的家庭幸福，但双方的爱恋倒更加如胶似漆，难舍难分了。他们是非常愿意快活幸福的，但是却需要一个良好的基础，这在他们看起来是办不到的，可是他们沸腾的血液又恨不得立刻流到一起。"已经很晚了，"芙兰琴喊道，"我们得分开了！""难道让我回家去，把你一个人丢在这儿吗？"萨利喊道，"不，我不能这样！""那么一会儿天亮了，我们的情形也好不了什么！"

"我来给你们出个主意吧，你们这两个傻东西！"一个尖锐的声音在他们后面喊道，接着那个琴师就来到他们面前。"你们愣在这儿，"他说，"你们互相爱慕，可是又不知道该怎么办。我劝你们，就这样结婚吧，不要犹豫啦。你们跟我还有我的好朋友们一同到山里去，在那里你们用不着牧师，用不着花钱，用不着字据、名誉和床铺，只要你们彼此同意，什么都用不着！到我们那儿过活绝不坏，空气很合乎卫生，要是勤勤恳恳，东西也够吃的；绿树林就是我们的房子，爱住哪儿就可以住在哪儿，冬天我们给自己造起最暖和的窑洞，或者钻到农人家的暖和的干草堆里去。好吧，赶快决定，立刻在这儿举行婚礼，然后跟我们走，那样一来，你们就摆脱了一切的忧愁，永远永远在一起了，至少你们高兴在一起多久就多久；因为过着我们那种自由自在的生活，你们会活到很老，这话你们尽管相信好了！可别以为我因为你们的老子对不起我而对你们怀恨在心！决不会！看见你们落到这步田地，我固然高兴；不过这样我也就满意了，你们要是跟着我走的话，我还要帮你们的忙，给你们效劳呢。"他说这番话的语气确实是很诚恳，很亲切的。"现在让你们稍微考虑一下，不过你们要是听我的劝告，就跟着我走吧！什么都不用顾虑，只管结你们的婚，谁的意见都不要问！想想树林深处那快活的结婚床，要是你们嫌太冷，就在一个干草垛上也可以！"说了这话，他就到屋里去了。芙兰琴在萨利的怀抱中发抖。他说道："他这番话你觉得怎样？我想倒也不坏，把整个世界丢开不管，我们乐得彼此相爱，不受阻碍和限制！"他这话与其说是正经话，倒毋宁说是当作一个灰心丧气的笑话来讲的。芙兰琴却一面吻他，一面很坦白地回答道："不，我不愿意到那里去，因为那里的情形也不合我的心意，那个拿着号角的人和那个穿绸子衣服的女孩子也就是这样结合的，并且据说曾经好得要命。现在听说那个女的上星期第一次对他不忠实了，这件事他简直百思莫解，所以才那样伤心，跟她生气，也跟那些打趣他的人生气。她却做出一种恶作剧似的忏悔，独自跳舞，不跟任何人说话，她这样做，其实也还不过是打趣他罢了。但是看那可怜的乐师的样子，今天一定就会和她言归于好了。有这种事情发生的地方，我可不愿意去，因为我永远不愿意对你不忠实，虽然我为了得到你，别的什么我都肯忍受！"可怜的芙兰琴在萨利的怀抱里情绪越来越热烈；因为自从中午那位老板娘把她认作新娘子，并且还这样介绍过她而她也不曾否认的那个时候起，新娘子的热情就已经在她的血液中燃烧起来，她越觉得没有希望，热情就越发放荡不能控制。萨利的情形也一样的糟糕，因为琴师那一番话，尽管他无意听从，却把他的头脑搅乱了，他心里没了主意，结结巴巴地说道："进来吧，我们至少还得吃点喝点儿什么呀！"他们走进了客堂，这里除了那一小帮流浪人以外，再也没有别人了，这些流浪人已经圈坐在一张桌子旁边，正在吃简单的饭。"我们那一对新人来啦！"琴师喊道，"你们赶快高兴起来，准备结婚吧！"他们被人强让到桌边坐下，避免了他们独自相处时的窘境；他们很高兴能和人们暂时在一起混混。萨利叫了酒和更丰富的饭菜，盛大的欢乐便开始了，那个生闷气的人已经和他的不忠实的爱人言归于好，这一对爱人正在神魂颠倒地彼此温存抚爱着；另外那一对放荡的爱人，又唱又喝，也不乏爱情的表示；琴师和奏低音弦琴的驼子在那儿胡弹乱奏。萨利和芙兰琴安静地相互拥抱着；忽然那个琴师命令大家肃静，接着就举行一个好玩的仪式，据说是举行结婚典礼。让他们俩拉着手，然后这一伙人站起来，一个挨一个地走到他们跟前，向他们祝贺，并欢迎他们入伙。他们听任别人摆布，一声不响，把这件事当作一个玩笑看待，同时却又冷一阵热一阵地浑身发抖。

这个小小的团体，受了越发强烈的酒的刺激，现在越来越喧哗兴奋了，到末后那琴师突然催促大家出发。"路远得很，"他喊道，"半夜都过了！起来！我们来护送这一对新人吧！我在前头拉着提琴开路，让这个队伍像个样子！"这两个没了主意的无依无靠的人儿，既然没有什么更好的办法，而且完全心慌意乱，就又听任人家把他们安排在队伍前面，其余的那两对排在他们后面，那个驼子肩膀上背着他的低音弦琴殿后。黑琴师在前面开路，像着了魔似的拉着提琴冲下山来，其余的人在后面跟着，又笑，又唱，又跳。这个疯狂的夜行队伍就这样穿过了静悄悄的田野，穿过了萨利和芙兰琴的村庄，村里的住户早已睡了。

当他们穿过一条一条的静悄悄的巷子，从他们已经失去的家宅跟前走过的时候，一股痛苦的热狂劲儿攫住了他们，他们就跟在琴师后面和其他的人们比赛着跳起舞来，接一阵吻，笑一阵，又哭一阵。当琴师领着他们走过那座有三块田地的小山时，他们也跳着舞上山，到了山顶，那黑汉子加倍疯狂地拉起提琴来，一面又蹦又跳，像个魔鬼似的，他的伙伴们放肆喧哗，也不在他之下，把个寂静的山头弄成了一座真正的布罗肯峰[1]，连那个驼子也背着他的乐器喘吁吁地跳来跳去，大家似乎谁也看不见谁了。萨利把芙兰琴搂得更紧，强迫她站住；因为他先清醒过来了。他热烈地亲她的嘴，好使她沉默下来，因为她只顾高声唱歌，已经完全忘掉了自己。最后她才明白了他的用意，两个就站定了听着，一直听到他们的放肆喧哗的送亲队顺着田野叫嚣着走去，在上游的河岸上消逝了，那些人还没有理会到已经失落了他们两个。提琴声，女孩子的笑声，男孩子的欢呼声，在苍茫的夜色里还响了好长一段时间，最后一切都寂静无声了。

"我们已经摆脱了这些人，"萨利说，"但是我们怎样摆脱自己呢？怎样互相规避呢？"

---

　　[1]　布罗肯峰是德国哈茨山的主峰，根据德国传说，在五朔节（五月一日）的前夜魔女们骑着扫帚把到这里来，和魔王一起狂欢。

芙兰琴不能回答，靠在他的脖颈上深深地出着长气，他说："是不是让我把你送回村里，叫醒他们收留你？明天你就能自奔前程了，你一定会一帆风顺的，到哪儿你都可以生活！"

　　"难道没有你我也能生活？"

　　"你必须忘掉我！"

　　"我永远不能！莫非你能这样吗？"

　　"问题不在那个，我的心肝！"萨利说道，一面抚摩着她的灼热的脸蛋，因为这时她热情地把脸蛋在他的怀里扭来扭过去，"问题就在你这方面；你还这么年轻，哪条道路你都能走啊！"

　　"你还不是一样吗，你这个老头子？"

　　"来。"萨利说，一面拉着她走开。但是走了几步就又站住了，为的是更方便更亲热地互相拥抱。宇宙的静谧深入他们的心灵，变成了音乐，他们只听见下面缓缓而流的河水，发出柔和悦耳的潺潺声。

　　"周围多么美呀！你没有听见有什么声音像一支美丽的歌曲或一阵铃声吗？"

　　"那是潺潺的水声啊！此外一切都是静悄悄的。"

　　"不，另外还有一种声音到处响着！"

　　"我想，我们听见的怕是我们自己的血液在我们的耳朵里呜呜地响着吧！"

　　他们细听了一会儿这些想象的或者真实的声音，这些声音不是来自广大的寂静，就是他们把月光的魔力误认作了声音，因为这时候月光正在那一片低低笼罩着四周原野的白茫茫的秋雾上面浮动着。芙兰琴忽然心里一动，她一面在贴身的内衣里摸索着，一面说道："我还给你买了一个纪念品，想要送给你！"她说着就把那只简单的戒指给了他，并且亲自给他戴在手指上。萨利也把他的戒指拿了出来，戴在芙兰琴手指上，一面说道："原来我们是不约而同！"芙兰琴把手举起，在那淡淡的银辉里细细地瞅着那只戒指。"哎呀，这只戒指多么美呀！"她笑着说，"现在我们可真订了婚啦，你是我的丈夫，我是你的妻子，就让我们想一想我们是订过婚了，想一会儿，直到月亮上那一条雾影过去，或者直到我们数到十二为止！你来吻我十二下吧！"

　　萨利的爱确实是和芙兰琴的一样热烈，不过结婚这一问题在他心里却不像在芙兰琴心里那样热烈鲜明，成为一个断然的"要不""就得"，成为一个直截了当的"活着"还是"不活着"，不像她似的能够感觉到这一点，并且以她那热情的果断直截了当地在其中看到了"生""死"问题。但是现在他终于恍然大悟了，年轻的姑娘心里这一种女性的直觉，在他心里立刻变成了一种狂热的欲望，一片白热的光辉把他的心灵照得雪亮。虽然他已经热烈地拥抱抚爱过芙兰琴，现在他却以一种完全不同的更狂暴的方式去做，这儿那儿地乱吻起她来。芙兰琴虽然自己也是极热情的，却立刻感觉到这种变化，她浑身剧烈地颤抖着，但是，还没有等到月亮上的那一条雾影过去，她也感染了同样的变化。在相互调情和挣扎的当儿，他们的戴上了戒指的手遇到一起，紧紧地互相握住，仿佛是自动地举行婚礼，没有经过意志的指使似的。萨利的心脏，一会儿跳得像锤子打似的，一会儿又平静下去，他喘吁吁地低声说道："我们只有一条路了，芙兰琴，我们在这个钟头结婚，然后离开人世——那边就是深水——到了那里就再也没有人能把我们分开，反正我们也已经结合过了——时间短也罢，长也罢，对于我们也就无所谓了。"

　　芙兰琴立刻说道："萨利——你刚才讲的，我心里早已想过，也决定这样去做，就是说，我们可以去死，死了，就什么都完了——好吧，你就对我起誓，保证你要和我一同这样做！"

　　"这个主意说它是件事实都可以，除了死以外，再也没有谁能把你从我手里夺去！"萨利发狂地喊道。芙兰琴却深深地出了一口长气，眼里流出喜悦的泪来；她抖擞起精神，像一只小鸟似的轻盈地跳跃着，穿过田地，向着下面的河流奔去。萨利赶忙追她；因为他以为她是要逃脱他，芙兰琴却以为他是要拉住她，于是他俩就一个跳着去追，一个跳着奔跑，芙兰琴一面跑一面笑，像一个不愿让人捉住的孩子似的。当他们来到河边，相互抓住的时候，两个孩子异口同声地问道："你已经反悔了吗？""不！我还越来越高兴呢！"他们又异口同声地回答。他们摆脱了一切忧愁，顺着河边向下游走去，走得比急流的河水还快，急急忙忙地要寻找一个安身的地方；因为他们受热情的驱遣，现在就只看到他们结合时那种幸福的陶醉，人生其他部分的全部价值和内容都集中在这一件事情上，至于随后就来的死和毁灭，在他们看来，只是一口气，一片虚无，他们对于这些情况，比起一个胡乱花钱的人对于消耗完了最后的财产第二天将怎样过活这一问题，还要更少考虑。

"让我的花先给我打前站去吧！"芙兰琴喊道，"你瞧瞧，它们都凋谢啦，都干啦！"她把花从怀里拿出来，扔到水里，一面高声唱道："我对你的爱却比甜杏仁儿还要甜蜜！"

"停住！"萨利喊道，"这儿就是你的结婚床！"

他们已经来到一条由村里通到河边的车道旁边，这里有个上岸的地方，一只大船，高高地装满了干草，在那儿停泊着。他一股子野劲儿上来，立刻就开始去解那坚实的绳缆，芙兰琴笑着抓住他的胳膊，喊道："你要做什么哟？莫非我们活到最后还要偷农人的干草船吗？""这就算是他们送给我们的嫁妆，一张漂浮着的床铺，这样东西，还从来没有一个新嫁娘有过呢！况且他们在下游还会重新找到他们这份财产，因为它总是流向那里去的，他们不会晓得这船曾给人做了什么用处。你瞧，它已经摇晃起来了，就要漂走啦！"

那只船停在更深的水里，离着河岸有好几步远，萨利用他的胳膊把芙兰琴高高地举起，涉着水向那只船走去；但是她非常狂暴不羁地抚爱他，像一条鱼似的拨拉着，使得他在流动着的水里几乎站不住脚。她竭力把脸和手浸到水里去，喊道："我也试一试这清凉的水！你还记得我们第一次的握手吗，我们的手多么凉多么湿啊！那时候我们捉鱼，现在我们自己要变成鱼啦，变成两条又美又大的！""安静些，你这惹人爱的小鬼！"萨利说道，他在撒娇的小情人和波浪之间很吃力地保持着平衡，"要不，就要把我冲走啦！"他把他的负担举到船上，随后自己也跳上船去；接着又把她举到那堆得高高的软而香的货物上面，自己也一跃而上。他们坐在上面的时候，船就渐渐地漂到河心，然后慢慢地转动着，向下游漂去。

这条河一会儿穿过又高又暗的森林，被树荫遮蔽起来，一会儿又穿过空旷的田野；一会儿傍着寂静的村落，一会儿傍着孤独的茅屋流过去；流到这儿进入一种静止状态，好像平静无波的湖泊似的，那只船也几乎停住了，在那儿它又绕过山岩流去，把睡梦沉酣的两岸迅速地丢在后面。晨光刚一升起，这条银灰色的河水里就现出了一座塔楼突兀的城市。将落的月亮，红得像赤金似的，向着上游的地方照出了一条明亮的道路，那只船慢慢地在这条路上横着漂来。等到它走到城市附近的时候，在秋晨的清寒中，两个模糊的人影彼此紧抱着，从那一堆黑乎乎的东西上滑到寒冷的水里去了。

过了一会儿，那只船碰上了一座桥，没受什么损坏，就在那儿停住了。后来人们在城市下方的河里发现了尸体，并且查明了尸体的来历，那时候报纸上就这样登载着：一对青年男女，出身于两户彼此仇视的赤贫破产的人家，他们先在庙会上一同跳舞开心，痛痛快快地玩了整整一个下午，然后跳河自杀。这件事大概是和一条从那个区漂到城里来而没有船夫驾驶的船有关。人们猜想，是那对青年人把这只船偷走了，为的是在船上举行他们那绝望的、背弃神明的婚礼，这件事又是热情放荡不羁和伤风败俗的现象日益增加的一个象征。

鉴评：就任你的笑声自你的流星坠下

殉情，在人类生活中实不少见，它往往被文学家们格外看重，如果他们要在一个爱情故事里达到最强的悲剧效果，就往往动用殉情，把它作为作品中情节的主体、故事的高潮、催人泪下的手段，于是，殉情在文学中也就成为一个特定的美学范畴。

首先，殉情往往具有社会意义上的抗恶之美。文学中相爱的恋人之所以殉情，其根源如果不是某种社会恶势力的打击与迫害，不是某种不合理的社会制度的扼害与束缚，就是某种不合理的习俗、道德、规范的包围与窒息。正是这些因素使得热烈恋爱着的情人陷于困境，他们要么向这些丑恶、荒悖、不合理的东西低头投降，放弃自己爱的权利，要么进行抗争，而他们的抗争往往又导致自己的毁灭。是以，殉情是一种抗恶手段。

其次，殉情往往具有人格意义上的勇气之美、感情意义上的忠贞之美。对于比自己不知强大多少倍的难以抗拒的恶势力，对于像严密罗网一样难以冲破的恶劣环境，敢于以自己柔弱的力量进行拼死的抗争，在感情上显示出来的是忠诚、坚毅、贞洁，这是至为宝贵而崇高的。

此外，殉情还往往具有信仰意义上的向往之美。殉情者在舍弃今世的生命与生活的时候，总寄希望于来世与彼岸，这种信念虽然幼稚而虚妄，但却不失其天真与向往之美。

文学家们乐于在自己的作品中描写殉情，这就形成了文学题材中的殉情系列。中外古今属于这个系列的作品着实不在少数，自然，殉情故事也就有各式各样。而莎士比亚的《罗密欧与朱丽叶》，无疑要算这类作品中最为经典的一例。

瑞士作家凯勒毫不掩饰自己这篇作品灵感的来源，他在题名上就标明了这点。"讲起这个故事，假如它不是根据一件真实的事情，证明以往的伟大作品所依据的情节，个个都在人生中扎了多么深的根的话，那将是一个无聊的模拟。"凯勒在小说一开头所讲的这一段话表明，他的小说将避免成为"无聊的模拟"，而将致力于挖掘扎在"人生中"的那"多么深的根"。他这种努力表现在他对家庭仇恨的阻碍的描写。

他在这方面的描写很细致。他几乎是以"史诗式"的笔法来描述两个家族的"仇恨沧桑"，也就是说，以详尽的、"慢慢道来"的叙述表现出这两个家庭由矛盾的产生、发展、激化到势不两立的根由与过程。这样一种详尽的、细致入微的叙述，看来部分是由作品的农村题材所决定的，在这里，人们"见识都短得像干草截儿似的""每个人心里都充满了世界上最褊狭的正义感"，最细小的一点现实利害、最轻微的一点不和与龃龉，就可以在内心里点起锐利而无法扑灭的仇恨火星，这火星在褊狭、鄙陋的生活环境中还会不断得到新的燃料而成为一场熊熊的仇恨大火，爆发起一场双方都自认为是要伸张正义的经年累月的战争，而人又在这充满了"鸡零狗碎"的战斗的长期对抗中不断沉沦堕落。凯勒很成功地表现了农村的这种现实生活与人心状态。小说中马蒂与曼茨两家最初围绕一小块田地而产生的矛盾，就是这样愈演愈烈，最后把他们双方都拖向了灾难的地狱。这两个家庭里的一对青年男女萨利与芙兰琴，是这场"战争"的直接受害者，他们从小青梅竹马，感情笃深，却被两个家庭、双方家长之间剪不断的仇恨丝缕紧紧绑住，被这场战争所造成的悲惨现实条件深深困住，不得自由，最后不得不走上了双双殉情的绝路。在这个故事里，凯勒既作为一个风俗画家真实地再现了十九世纪瑞士农村生活的风貌，又作为一个人道主义者对扼杀青春与爱情的不合理的现实生活做了明确的谴责。

小说最主要的内容是殉情，它的过程占据了整个小说将近二分之一的篇幅，是我所见到的写殉情的具体过程最为细致的作品。

这是一次自然而然的殉情，没有预谋但势所必然的殉情。由于两个家庭的争斗而家破人亡的芙兰琴不得不外出谋生，临行之前，与萨利相约到庙会去尽情欢快一天，他们要在这一天有限的时间里尝遍人间有情人的爱之欢乐与幸福心情。这是一种奢望？他们不过是按照乡村的水平来品尝各种愉悦而已：在树林里自由自在地漫步，像"名正言顺"的情人一样公开在咖啡店里喝一杯咖啡，在镇上的饭店里就一次餐，像幸福的新婚夫妇一样接受周围纯朴乡人的祝福，在乡村舞会上狂欢到深夜，被一小群流浪人当作新郎新娘举行了一次象征性的结婚仪式，等等。而且，他们所有这些朴素的欢乐还是在长别离的阴影下进行的，随着这些欢乐的进行，随着第二天清晨离别时刻的将要来到，他们心头的阴影也愈来愈浓、愈来愈扩大，他们也愈来愈不能忍受即将来到的分离，愈来愈不能忍受他们在人世间任何可能的前景，于是，他们决定了殉情弃世。没有预定的计划，没有固有的成见，没有关于"活下去"还是"不活下去"的思想斗争，一切顺乎自然的感情，一切都跟着自己的感情走。在小说表现的范围里，他们的殉情意识完全是乡土式的，他们只能想象按照传统的方式在本乡本土来建立他们幸福的生活，而不敢想象自己像流浪人一样到他乡去追求"异域"的幸福，既然在本乡本土没有幸福的可能，那么在他们看来，就只有弃世了。从这里，可以看出他们精神世界里的那种乡村青年的纯朴性，这种纯朴性既是他们作为人的一种宝贵的精神财富，也是他们作为现实世界上爱情幸福追求者的一个悲剧根由。

凯勒是怀着深厚的温暖的人道主义感情来细细描写这次殉情的过程的，他以光亮欢快的笔一直跟随芙兰琴与萨利到他们生命的终点。似乎是为了保持自己的心理平衡，为了对这一对不幸者施一些慈爱与温暖，也似乎是为了弥补读者的强烈的遗憾，他让这一对情人在自尽之前一直在品尝着相处在一块儿的欢乐。应该说，从文学描写的角度来看，芙兰琴与萨利的殉情是很美的。这种美首先是来自两个不幸情人在精神上的纯真向往。怀着这种向往，他们要把整个一生的幸福都浓缩在他们最后的一点时光里：象征性地交换结婚戒指、在集市上买了玩具房子把它想象成他们的家……也是怀着这种纯真的向往，他们最后选定在结合的时刻双双投入河水，想象着"到了深水那里，就再没有人能把我们分开了"。为此，他们满怀着幸福的陶醉把自己的殉情作为永久结合的仪式来精心加以安排：在河里，找到一只木船作为他们的婚床，又有月色夜空作为他们的篷帐，他们像嬉戏的儿童一样上了船，最后互相紧抱着沉入了深水。

还有什么比这更天真、更美的殉情？凯勒在这里致力于殉情在信念上的向往美之发掘，也是对青春的纯真与勇气唱出了赞歌。

青年男子谁个不善钟情？

妙龄女人谁个不善怀春？

这是我们人性中的至圣至神：

啊，怎么从此会有惨痛飞进？

可爱的读者哟，你哭他，你爱他，

谁从非毁之前救起他的名声；

你看呀，他出穴的精魂正在向你耳语：

请做个堂堂男子哟，不要步我后尘。

德国大作家歌德在他写殉情的著名小说《少年维特之烦恼》的第二版前面，附加了这样一首短诗，针对一些青年读者仿效维特殉情自杀之举，其结语明显道出告诫之意。既然歌德老人已经负责任地这样做了，那么，当我们论说了文学中殉情的美学意义，欣赏了凯勒笔下殉情的浪漫情调之后，就有必要指出，文学中的殉情毕竟只是一个美学范畴，尽管作家可以加以美化与歌唱，但显然不宜往现实生活中搬用，特别在现代生活中，殉情已是一种不合时代潮流之举，道理很明显：人活着毕竟不光是为了爱情，仅仅因为爱情而舍弃其他丰富广阔的生活内容，在二十一世纪就显得精神天地失之于褊狭了。

莫兰那只公猪

[法国] 莫泊桑
邵小鸥 译

作者简介

　　莫泊桑（1850—1893），法国 19 世纪下半叶杰出的小说家。出身于没落贵族家庭，普法战争时曾被征入伍，后来在海军部、教育部任小职员。他很早开始写作，在习作阶段直接受到著名作家福楼拜的指导，1880 年中篇小说《羊脂球》发表，使他蜚声文坛。

　　莫泊桑的全部创作包括三百篇短篇小说、六部长篇小说、三部游记以及一些评论文章。他的作品对 19 世纪下半叶向帝国主义阶段过渡的法国社会现实有无情的暴露，但他受了自然主义创作论的影响，因而他对现实的暴露往往又流于客观主义的态度。他以短篇取胜，是短篇小说大师，在世界短篇小说文学中占有举足轻重的地位。

一

　　"这样，我的朋友，"我对拉巴布说，"你刚才又提到'莫兰那只公猪'几个字。见鬼，为什么我听别人一谈起莫兰，总是把他与'公猪'连在一起？"

拉巴布，这位当今的国会议员瞪着一对猫头鹰般的眼睛盯着我，说道："怎么，你不知道莫兰的这段故事？亏你还是拉罗歇尔人呢。"

我承认我不知道莫兰的故事。于是拉巴布搓搓手，讲起了这段往事。

"你过去不是认识莫兰吗？你还记得他在拉罗歇尔堤岸上开的那家大缝纫用品商店吗？"

"是的，一点不错。"

"那好，请你听着，"他说。

一八六二年也许是一八六三年，莫兰为了寻欢作乐假借进货为名曾经到巴黎住过十五天。你知道对于外省商人，"巴黎十五天"的含义是什么？这会使你的血液燃烧。每天晚上不是看戏就是拜倒在女人的裙下，神经不断受到刺激，人简直要发疯。莫兰看到的只是身着紧身内衣的舞女、袒胸露臂的女演员，滚圆的大腿、丰腴的双肩，似乎一切唾手可得，不用顾虑敢不敢或能不能接触的问题，似乎在咀嚼什么低劣的菜肴似的。即使离开这种地方，心里还不住乱跳，始终兴奋不止，嘴唇上总是带着一丝由于接吻而引起的快感。

直到买了晚八点四十分开往拉罗歇尔的快车票时，莫兰仍抑制不住这种兴奋状态。当他在奥尔良火车站大厅里踱步时还感到万分遗憾和不安。可是当他见到一位年轻女子在吻别一个老妇人时，莫兰马上凑到这位姑娘面前，停住脚步。她撩开面纱，莫兰禁不住一阵狂喜，喃喃地说："天哪，真是位美人。"

告别老妇人后，女郎走进候车室，莫兰尾随不放，她走上站台，莫兰仍穷追不舍，她登上一节空车厢，莫兰竟随之而入。

这趟火车乘客不多，随着一声汽笛长鸣，火车启动了，这节车厢只有他俩。

莫兰贪婪地盯着这位姑娘，她大概有十九或二十岁，一头金发，高高的个子，举止轻佻。她把一条旅行毯裹在腿上，躺在长凳上入睡了。

莫兰暗自思忖："这是哪一位？"数以千计的假设，数以千计的打算，一股脑向他袭来，他想，人们都说铁路上常发生奇闻，莫非今天我会撞上这种奇迹？谁知道呢？也许很快就会交上红运？大概只要有勇气就行，丹东不就是这样说过吗？"大胆、大胆、永远大胆！"如果不是丹东说的，就是米拉波说的。管他呢，谁说都一样。不错，但我缺乏的正是胆量，这正是关键所在，要是能看透对方的心思，摸透对方的底细就好了。在这良辰之际，我敢打赌，一切都会行得通，只要她打个手势告诉我她巴不得这样做就行了……

于是，他又琢磨起采用哪种手段能获得成功。他想采取骑士风度，先向她略施殷勤，对她表白一些热情的献媚情话，最后以一些你能想到的言语宣告结束。

然而，他始终缺乏的正是这种开端和借口。他在等待幸福的机遇，扰得心绪不宁，忐忑不安。

夜晚过去了，在莫兰想入非非的时候，美人始终在熟睡。不久，天亮了，彩霞映红了天际，一束阳光洒在睡美人柔和的面庞上。

她醒了，坐了起来，望着野外，望着莫兰，微笑着。她笑得很开心，像一位快活的妇人，那神情十分动人，讨人喜欢。莫兰颤抖着，毫无疑问，这微笑是冲他来的，这是一种小心翼翼的试探，一种他梦寐以求的暗示。这种微笑仿佛在嘲弄他昨晚竟会如此老实坐在座位上，简直是个傻瓜，是个笨蛋。

"喂，请你看着我，难道我的模样不迷人？像你这样，整夜面对着一位漂亮女人，却半点不敢动弹，这不真成了木瓜吗？"

她始终望着他微笑，转而竟大笑起来。他神思恍惚，绞尽脑汁在搜寻"开场白"，想说一句客套话，不管什么话，只要能聊上话就行。但是，他什么话也想不起来。最终，他像一位终于壮起胆子的懦夫那样暗自鼓劲："算了，我豁出去了。"忽然，他一言不发，径自朝姑娘走去，摊开两臂，嘴唇显出一副贪婪的样子，把她搂在怀里接起吻来。

她一下子跳了起来，喊着"救命！"，由于害怕，她一个劲狂吼，拉开车门，伸出双臂，胡乱地挥舞着，恐惧得发疯，她企图跳车。晕头晕脑的莫兰，一下子明白她要跳轨，立即拽住她的衣裙，结结巴巴地哀求：　"太太……啊，太太……"

火车放慢了速度，停了下来，两个列车员朝这位发出呼救声的年轻妇人冲过来，她倒在了他们的胳膊上，断断续续地说："这个男人，他想要……想要……把我……把我……"话未说完，她就昏过去了。

穆泽车站到了，在场的警察逮捕了莫兰。当这位年轻妇女恢复知觉后，她提出了控告，当局做了笔录，而这位可怜的缝纫用品商因在公共场所干有伤风化的事受到追诉，直到晚上他才回到家里。

二

当时我正是"夏朗德人信号灯报"总编辑。每天晚上我在咖啡厅里总能碰见莫兰。

在他出事的第二天，莫兰一筹莫展，找到我，希望我能帮助他。我毫不隐晦地谈了看法。我说："你不过是一只公猪，没人像你这么处事待人的。"

他哭了。老婆揍了他一顿，铺子也破产了，名誉扫地，连许多至亲好友都表示十分气愤，人们不再向他打招呼。最后，还是我动了恻隐之心，叫来了我的撰稿人里韦，想听听他的主意。里韦是个爱说俏皮话，会出点子的小矮个儿。

里韦劝我去见一位帝国检察官，因为他曾经是我的朋友。于是我打发莫兰回家，自己去见那位官员。

我了解到那个被猥亵的女子是一位年轻姑娘，名叫昂里埃特·博纳尔小姐。最近她刚在巴黎获得了小学教师的文凭。父母均已去世，她是来穆泽探望其叔叔、婶母，并在那里度假。她的叔叔和婶母都是当地老实的小资产者。

因为博纳尔小姐的叔叔已递了诉状，莫兰的处境十分狼狈。检察官认为要想免于起诉，除非撤销诉状，这是不可逾越的一条规则。

我再转回莫兰家中，发现他由于惊恐与忧虑，已卧病床榻。他的老婆高高的个子，很瘦，是个泼妇，嘴上甚至略长着些许胡须，一刻不停地虐待他。她把我引进屋，沉着脸，向我吼着："你是来看莫兰那只公猪吗？喏，那家伙在这儿呢！"

她站在床前，攥紧拳头、双手抒腰，凶神恶煞一般。我把全部情况告诉莫兰，他恳求我去找那位女人。这差事很棘手，但我还是应诺了。这只可怜虫，不停地叨叨着："我向你保证，当时我根本没吻她，真的没有，我向你发誓！"

我说："不管怎么说，你反正是只猪。"我接过了他递给我的一千法郎，准备应付我认为必要的花销。

但是我不愿独自一人去她亲戚家冒险，我约里韦与我结伴而行，他答应了，条件是必须立刻出发，因为第二天下午他在拉罗歇尔还有急事要处理。

两小时后，我们来到乡下的一所漂亮的宅院门前，按响门铃。一位漂亮的少妇给我们开了门。这肯定是她，我低声对里韦说："该死的，我开始知道莫兰是怎么回事了。"

M. 托恩雷叔父正好是《信号灯》报的读者，他是一位虔诚的政治信徒。他向我们握手问候，能有两位报纸的编辑大驾光临，这真使他感到无上荣光。里韦在我耳边小声说："我想我们一定会调解好莫兰那只公猪的案子。"

侄女回避开，我开始谈及这个棘手的问题，我以这桩丑闻将可能引起的公众舆论威胁对方，告诫他如果对这桩事提出申诉，姑娘的声誉无形中会受到贬损，因为公众不会相信整个事件仅仅只是一个简单的亲吻。

这位老实人显得很优柔寡断，老婆不在场，他什么事都不能做主，而他老婆要到半夜才能回来，突然，他欣喜若狂地喊道："喂，我有个好主意，我把你们留下来，请二位在这里用膳、住一宿，待我老婆回来，我希望咱们可以彼此谅解。"

里韦原不同意，但为了帮助莫兰那只公猪摆脱困境，他只好定下心，我们欣然接受了这一邀请。

叔父站起来，显得容光焕发，他一边叫来侄女，并建议一起到花园散步，一边高声说："晚上再谈那件正经事吧！"

里韦同他攀谈起政治。

我呢，则故意在他们背后磨蹭了几步，恰好能与年轻姑娘并肩而行。她富有魅力，十分迷人。

我小心翼翼地和她谈起那段遭遇，实际上就是想趁机来解决我的婚姻大事。

她并没显出羞怯、恼怒，而是饶有兴趣地听我讲述。

我对她说："小姐，请您考虑一下，您将面临的种种烦恼。您必须出庭应审，在那恶意的目光逼视下叙述车厢里发生的一切。说实在的，您当时什么也不说，只是令那个下流坯放规矩些，不去叫铁路职员，然后再换乘另一班火车，那岂不更好些？"

她笑了，说："您讲得一点不错，那么您说该怎么办呢？我那天太害怕了，人在害怕时，往往失去理智。当我醒悟过来，十分后悔当时的叫喊，可是已经太晚了。您想象一下，这个蠢货当时一声不吭，满脸疯相，发狂般地扑到我身上，我当时根本不知道他要拿我干什么。"

她直视着我，丝毫没有不安或尴尬的表情，我心里说："这是个轻佻的姑娘，我明白莫兰那只公猪找错人了。"

我笑着说："喂，小姐，你就宽恕他吧，要想使一个男人与您这样的漂亮女人面对面坐着，而不产生接吻的欲望这是不可能的。"

她笑得更加厉害了，露出了满口的牙齿："先生，在欲望和行动之间，还有一个需要尊重人的位置。"

尽管她表达得不那么清楚，但话说得很有意思。我突然问道："那么，如果是我，我现在吻您，您会怎么样？"

她止住脚步，上下打量着我，然后镇静地说："噢，您嘛，那当然不是一回事了。"

我自然明白"那当然不是一回事"意味着什么。因为全省的人都叫我"漂亮的拉巴布"，当时我年仅三十。但我仍问她："这是为什么？"

她耸耸肩，回答我："唉，因为您不像他那样蠢。"说话间，她又瞟了我一眼，低声补充说："也不像他那么丑。"

在她未来得及闪身避开我之前，我在她面颊上重重地亲了一下，她往旁边一跳，但已经太晚了。后来她说："看来，您也是个假正经，算了吧，别再这么干了。"

我显得十分谦卑，低声说："噢，小姐，至于我嘛，如果要说心愿，那就是想以和莫兰一样的罪名出庭受审。"

这回轮到她问我，这是为什么。我用含蓄的目光，郑重其事地望着她，说："因为您是最漂亮的美人之一。对于我来说，和您这样的美人发生关系，正是我的资格，我的权利，我的荣誉。因为凡是见过您的人都会说：'瞧，尽管拉巴布不能把你抢到手，但也艳福不浅啊。'"

她又开心地笑了。

"您真有趣……"她还没讲完"有趣"这两个字，我一把将她搂到怀里，狂吻起来：头发、前额、眼睛、嘴唇、面颊。尽管她躲躲闪闪，但终究还是遮盖不全，我把凡是能吻到的地方，几乎是整个脑袋都吻到了。

最后，她挣脱出来，脸涨得通红，一副怒容，愤愤地说："先生，你是个粗鲁的家伙，我悔不该听你讲话。"

我抓着她的手，带着点羞愧，结结巴巴地说："对不起，对不起。小姐，使您生气了。我刚才太粗野了！请您不要结仇，您要是知道……"我想找几句辩解的话，但一切枉然。

过了好一阵，她说："先生，我什么也不想知道。"

可我还是找到了辩解的话，我大声叫道："小姐，我爱您，已经爱上一年了。"

她的确大吃一惊，重新抬起眼。我接着说："是的，小姐，请听我说。我并不认识莫兰，而且也看不起他。无论他坐牢，还是受审，都与我无关。去年我在这里看见过您，您当时就在那边，在铁栅栏杆前面。看到您，我浑身颤抖，您的影子无法从我眼前消失，您信不信这对我无关。我觉得您是值得崇拜的。我的心间充满了对您的思念，我想重新见到您，于是我以莫兰这头蠢猪为借口，来到这里。刚才发生的一切是我太过分，请您原谅，恳求您，宽恕我吧。"

她试图从我的目光中辨别真伪，打算重新微笑，嘴里嘟囔了一句："开玩笑！"

我举起手，以一种虔诚的语调（我自以为是这样的）说："我向您发誓，我没有撒谎。"

她只简单地说："咱们走吧！"

我俩单独待在一起，里韦和她叔父已经消失在弯弯曲曲的小路上。我长时间地向她诉说衷情，紧紧地靠着她，吻她的手指。她茫然地听着，好像在听一件趣闻，也不知对此该相信什么。

由于心虚，慌乱，想着我所说的一切，我中止了这场谈话，我脸色苍白，感到一阵气闷，身上禁不住打起寒战。于是我轻轻地搂住她的腰肢，俯在她耳边，与她悄悄细语。当时她沉湎于梦幻中，仿佛进入天国，静静地听着。接着，她的手触到我的手，并紧紧握住它。我慢慢搂住她的腰，颤抖地与她拥抱。我们越抱越紧，她再也不动了。我的嘴唇摩挲着她的面颊，突然我的嘴唇与她的嘴唇贴在一起，这是一次长长的亲吻。要不是听到身后几步远的地方传出一阵清嗓子的声音，这个亲吻还会延续下去的。

她穿过花丛溜走了。我转过身，发现里韦已经凑到了跟前。

他站在路中间，面无笑容地说："好啊，你就这样调解莫兰那只公猪的案子?"

我摆出一副自命不凡的架势说："我亲爱的，我干了我所能干的一切。她叔父呢? 你从他那儿得到些什么? 我嘛，我可以保证他侄女这方面没问题。"

里韦说，和她叔父在一起，可没尝到半点甜头。

于是我挽起他的胳膊朝回走。

三

晚餐把我搞得晕头转向。我坐在她身边，不停地在桌下摸她的手，脚贴着她的脚，我们常常四目相视，目光糅合在一起。

饭后大家在月光下散步，我低声向她倾吐内心油然而生的情意。我让她紧紧贴着我，随时与她拥抱，用我的嘴唇湿润了她的嘴唇。里韦与她的叔父在我们前边讨论着，月光下，他俩的身影在沙子路上慢慢地移动着。

回来后不久，电报局邮差送来她婶母拍的加急电报，告知："她次日早晨乘头班车七点返回。"

她叔父讲："那好! 昂利埃特，先带这两位先生去看看他们的住房吧。"说罢，这位老好人与我们握握手就上楼了。她先把我们领到里韦的房间。里韦在我耳边说："其实，她先领咱们到你房间，也不会出什么事的。"而后她又把我引到我的住处。只剩下我们俩时，我又重新把她搂在怀里。我要搞得她神魂颠倒，挫败她的反抗。但是，当她刚感到有点不能自我控制时就赶紧溜走了。

我躺在床上，辗转反侧，闷闷不乐，心绪不宁。我知道自己反正是睡不着，干脆琢磨起究竟什么地方会捅娄子，恰好此时有人轻轻敲了敲我的房门。

我问："谁在那儿?"

一个轻微的声音回答说："是我。"

我急忙穿上衣服去开门。她走进来轻声说："我忘记问您明天用点什么，是巧克力还是茶，或是咖啡?"

我猛地抱着她，热切地抚摸着，一边口吃地说：我用……我用……我用……，但是她从我两臂中挣脱出来，吹灭了蜡烛，跑掉了。

我独自一人，急不可耐，在黑暗中摸索着火柴，总找不到，好不容易才算摸着了。我简直发狂了，端着蜡烛盘，走出房门，来到走廊上。我已丧失了理智，我要去找她，我需要她。我不假思索地往前走，突然我想，要是我闯到她叔父的房间那该作何解释呢? 我站住，企图找到一个恰当的答案，可脑子里空空洞洞，心却在剧烈跳动。不一会儿，想起一个颇为满意的答案：我可以说，我要找里韦的房间，我有急事相告。

我开始仔细观察每间房门，竭力想找到她那扇，但是没有发现任何踪迹，无意中触到一扇门上的钥匙，拧了一下，推开房门走了进去……昂利埃特正坐在床上，看见我不由大吃一惊。

我轻轻插上门销，踮起脚朝她走去。我说："小姐，我忘记向你借本书看。"她挣扎着。但我马上翻开一本我所找的书，我说不出这本书的名字，但这无疑是最精彩的小说，是神圣的诗篇，我翻开第一页后，她就随我往下读了，我看了那么多篇，直至蜡烛全部耗尽。

再次谢过她后，我拖着沉重的步子，回到我的房间，一只粗大的手突然抓住我。里韦带着浓厚的鼻音冲我嘟囔，你还没调解完莫兰那只公猪的案子呢。

早晨七点钟，她亲自给我端来一杯巧克力，我从来没喝过这么好的巧克力，那么可口、香甜，那么令人陶醉! 啊，我的嘴简直舍不得离开这只杯子。

年轻姑娘刚离开，里韦就进来了，显得有些神经质，他气恼地说："你再胡搞下去，会把莫兰那只公猪的案子弄糟的。"

八点，她婶婶回来了。整个谈话很简单。这对老实人撤回诉状，我拿出五百法郎留给他们。

他们还建议我们多留一天，他们将带我们去游览一些古迹废墟。昂利埃特站在她的叔婶背后，冲我点头暗示，要我表示愿意留下。我答应了，但里韦却执拗地要走。我把他拉到一边，苦苦哀求他，我说："喂，里韦，就算是为了我，留下吧！"他显得很恼火，沉下脸向我反复声明："你听着！莫兰那只公猪的案子我算干够了！"

我只好作罢，同意与他同回，这可是我一生中最倒霉的时刻。要想调解好莫兰那只公猪的案子，恐怕要用我一生的时间。

经过一番热烈而沉默的告别后，我在火车上对里韦说："你是只畜生！"他回敬我说："小子，你要把我惹翻了。"

回到《信号灯》编辑部，我发现已有一群人正在等我们，一见面就大声地问："你们把莫兰那只公猪的案子调解好了吗？"

这件事搅得整个拉罗歇尔都骚动了，里韦那股怒火早在路上消了，此时他正竭力控制自己不要笑出声。他向大家宣布："这事还多亏了拉巴布，总算解决了。"

于是我们来到莫兰家里。

他躺在一张安乐椅上，腿上糊着芥子泥，脑门上敷着冷水浸过的纱布，他已被忧愁折磨得没有一丝力气，不停地咳嗽，这是一种病入膏肓的咳嗽，也不知他怎么得了这个病。他老婆正虎视眈眈地盯着他，恨不得一口把他吃了。

他一见到我们，就颤抖起来，连拳头和膝盖都跟着抖动起来。我说："已经解决了，你这只公猪，以后不许再胡来了。"

他站起来，激动得说不出话，只是抓住我的双手，吻个不停，好像在吻一位亲王的手。他哭了，神志恍惚，拥抱了里韦，又去拥抱他老婆，却被他老婆用劲一搡，推倒在安乐椅上。这次打击，使他元气大伤，从此一蹶不振。他受的刺激太大了。

从此，当地人管他叫"莫兰那只公猪"。每次他听到人们那么称呼他时，总觉得像刀子戳在心上。在街上偶尔听到流氓骂"公猪"时也会本能地转过头。每当他的朋友吃着火腿时，总要奚落他一番："喂，这是你的腿吗？"

两年后，莫兰死了。

至于我，于一八七五年当上了国会议员，后来我曾经去图塞尔市，拜望一位新任公证人贝隆科勒先生。一位丰满而又漂亮的高个子女人接待了我。

"您认不出我了吗？"太太说。

我迟钝地说："不，……不过……，太太……"

"昂利埃特·博纳尔。"

"哎呀！"我一下感到脸色苍白，她倒显得落落大方，望着我微笑。她请我与她丈夫单独谈话。她丈夫紧紧握着我的手，简直把我的手捏疼了。他说："很久以来，我就想登门拜访了，我常听起妻子谈起你。我知道，……是的，你是在一种多么痛苦的情况下与她相识的，我也知道，你那时的确表现得十全十美，充满柔情，很有分寸地去……"他停顿了一会儿，压低了嗓门，似乎是要说一句难以启齿的粗话："……去调停莫兰那只公猪的案子。"

鉴评：黄昏从遥远处走来

　　小说家经常把自己的精神特点与自我带进小说，这已经是不胜枚举的常情。莫泊桑一生在女性堆里打滚，他这种习性与癖好必然会渗透进自己的小说中去，他的长篇代表作《漂亮朋友》中那个在情场上无往而不胜的主人公，实际上就是他自己的化身。当然，在短篇里，他也不免情不自禁要让自己的习性有所表露，《莫兰那只公猪》就是一例。

　　这是一个写轻佻之爱的短篇。轻佻之爱，正是莫泊桑一生与众多女性的关系的基本性质。现在把这个短篇选入本书，倒不是由于它与作者精神特点的渊源关系，而是因为轻佻之爱毕竟是人类情爱中的一种，而且在现实生活中相当常见。

　　从其发生来说，轻佻之爱不是来自双方长期深入的互相了解与感情的逐渐培养，不是建立在思想、志趣的契合基础上，而往往是仅由外貌的相悦而迅速引发出来的。从双方的投入来说，在轻佻之爱中，根本不存在任何严肃的思想与认真的考虑对情感躁动或本能运作的约束，也不存在对任何后果（不论是社会道德的还是个人生活的）的顾忌，双方都似乎只把眼前的情事当作一场愉快的游戏，但求尽兴而已。尽兴之后，则往往是毫无牵挂的分离，而且，这种分离早在双方投入的时候就已经作为潜意识而存在着了。从事态的进展与结果来说，轻佻之爱的实现与完成，其速度总是格外迅快的。当然，在它的顺利进展中，缺少了必要的聪明与机巧是不行的，正像一艘轮船要进入暗礁密布的港口就需要有巧妙的领航术一样，因为，作家在描写轻佻之爱时，往往就非得表现出"领港员"的那种"坏透了"与"诡极了"的劲头不可。

　　这篇小说正是以莫泊桑惯有的那种流畅叙述，把一次轻佻之爱的全过程与整个情境表现得再精彩不过，可说是给人类的这种性爱提供了一个形象的标本，其中"领港员"的那股"诡劲"与"坏劲"更是令人称奇。由于莫泊桑本人的脾性喜好，字里行间难免会流露出某种轻薄，但总算比较含蓄，"读最精彩的小说"这一比喻，其风雅并不下于中国古典小说中的"巫山云雨""露滴牡丹"之类的文辞。而且，莫泊桑很懂得保持距离的艺术，他设置了两个叙述者，采用了叙述中的叙述，似乎就是为了更远地躲在幕后。他还赋予短篇以嘲讽的基调，为人所不齿的"莫兰那只公猪"与情场圣手的叙述者我，追求的是同一个对象，要达到的是同一个目的，结果却一个倒了大霉，一个艳福不浅。相距天壤，原因何在？除外貌这一因素外，只不过是手段高低不同而已。这时作者似乎有点儿什么感慨与"哲理"，虽然这感慨、这"哲理"没有超出轻佻的范围，但却接近对世态的讽嘲。

　　小说的结尾又是莫泊桑式的，它具有绝妙的戏剧性与余音，你万没有想到那轻佻一夜的爱火竟然在那个女子身上没有熄灭达十几年之久，而且被她带进自己的合法婚姻中加以缅怀。这一对男女的重逢又将发生什么？这里散发着《漂亮朋友》与德·马雷尔夫人的气味，他们的轻佻之爱时断时续，藕断丝连，似乎还颇有点韧性。

　　莫泊桑毕竟是莫泊桑。

图书在版编目(CIP)数据

你是我荒地上最后的玫瑰／柳鸣九主编. —郑州:河南文
艺出版社,2020.10
(世界最佳情爱小说)
ISBN 978-7-5559-1017-6

Ⅰ.①你… Ⅱ.①柳… Ⅲ.①中篇小说-小说集-世界②
短篇小说-小说集-世界 Ⅳ.①I14

中国版本图书馆 CIP 数据核字(2020)第 162022 号

选题策划 张 娟
责任编辑 张 娟
书籍设计 吴 月
责任校对 赵红宙
责任印制 陈少强

出版发行 河南文艺出版社
本社地址 郑州市郑东新区祥盛街 27 号 C 座 5 楼
邮政编码 450018
承印单位 河南新华印刷集团有限公司
经销单位 新华书店
开 本 890 毫米×1240 毫米 1/32
印 张 5.625
字 数 157 000
版 次 2020 年 10 月第 1 版
印 次 2020 年 10 月第 1 次印刷
定 价 38.00 元